Christian Felix Weisse

Dramen zur Belehrung junger Frauenzimmer

Erster Teil.

Christian Felix Weisse

Dramen zur Belehrung junger Frauenzimmer
Erster Teil.

ISBN/EAN: 9783743478343

Hergestellt in Europa, USA, Kanada, Australien, Japan

Cover: Foto ©Andreas Hilbeck / pixelio.de

Weitere Bücher finden Sie auf **www.hansebooks.com**

Dramen

zur Belehrung

junger Frauenzimmer,

nach

ihrer ersten Erziehung,

von

einer englischen Dame.

Erster Theil.

Leipzig,

bey Weidmanns Erben und Reich. 1787.

Dramen

zur Belehrung

junger Frauenzimmer,

nach

ihrer ersten Erziehung,

von

einer englischen Dame.

Erster Theil.

Leipzig,

bey Weidmanns Erben und Reich. 1787.

Vorrede
des Uebersetzers.

Wenn man in diesen Dramen Theater-
stücke suchet, die sich durch sinnreich
ausgedachte Fabeln, künstliche Verwickelun-
gen, unerwartete Theaterstreiche, launigte
und hervorstechende Charaktere, glänzenden
Witz und reißenden Dialog auszeichnen;
so wird man seine Erwartungen wenig
befriediget finden. Es sind blos Auftritte
und Vorfälle aus dem menschlichen Leben,
in eine dramatische Form eingekleidet, so
wie ungefähr die bekannten Unterredungen
Emiliens, von Madame d'Epinay; aber nicht

a 2

weni-

weniger unterhaltend, und an brauchbaren Lehren für die junge weibliche Welt höchst fruchtbar. Gern hätte der Uebersetzer mit dem deutschen Gewande auch den handelnden Personen deutsche Sitten gegeben; aber bey einiger Prüfung fand er, daß die englische Gewohnheit, die jungen Frauenzimmer in öffentliche Schulen oder Pensionen zu schicken, wo sie ihre ganze erste Erziehung, bis zu ihrem Eintritte in die Welt, und in das gesellschaftliche Leben, erhalten, so wie andere eigenthümliche Volkssitten zu sehr darein verwebt waren, als daß sie schicklich eine andere Gestalt annehmen konnten. Da sich aber der Mensch unter ähnlichen Situationen immer gleich bleibt, und die Charaktere mit so viel Natur und Wahrheit gezeichnet sind; so wird die Moral derselben in gleichen Fällen nicht weniger anwendbar seyn, und diese Dramen in einer kleinen

kleinen Lesebibliothek junger deutscher Frauenzimmer von einem gewissen Stande gewiß auch ein Plätzchen verdienen.

Sie machen im Englischen drey Bändchen aus, wo jedes zwey Dramen, nebst einer Vorrede enthält, worinnen die englische Verfasserin jedesmal ihre Absichten erklärt. Der Uebersetzer glaubt also, nicht besser thun zu können, als wenn er diese den deutschen Lesern, in ihren eigenen Worten, zusammen verbunden vorlegt.

„Ich habe, sagt die Verfasserin, die
„meisten nützlichen Unterhaltungsschr[iften]
„für Kinder gelesen, woran die Welt
„einen Ueberfluß hat. Die meisten aber
„führen ihre Zöglinge blos bis zu einem ge-
„wissen Perioden. Ich glaubte daher, daß
„es nicht undienlich seyn würde, sie noch
„etwas weiter zu begleiten, und auf die
„Zeit

»Zeit vorzubereiten, wo sie die Schule ver-
»lassen; welche immer von ihnen als die
»Periode der Freyheit angesehen wird, wo
»sie sich dann schon einbilden, richtige Be-
»griffe von Menschen und Dingen zu ha-
»ben, und sich selbst regieren zu können.«

»Dieses unzeitige Zutrauen zu sich selbst
»einigermaßen zu unterbrücken, welches
»natürlicher Weise Stolz, Liebe zum Wider-
»spruche und verschiedene andere Fehler er-
»zeugt, habe ich einige häusliche Scenen
»aufgestellt, worinnen ich die glücklichen
»Folgen einer kindlichen Liebe, einer sanf-
»ten Gemüthsart, und einer entschlossenen
»Seele zeige, wenn sie in der frühern Ju-
»gend in Rücksicht auf gute oder schlechte
»Aeltern geübt werden.«

»Thäten alle Aeltern ihrer Pflicht in
»Ansehung ihrer Kinder eine Genüge, so
»würde

„würde es sehr übel gethan seyn, wenn
„man selbst erdichtete Charaktere von Aeltern
„in einem unangenehmen Lichte aufstellen
„wollte, und man kann es Personen, die
„mit der Kinderzucht zu thun haben, nicht
„genug empfehlen, daß sie über die Un-
„vollkommenheiten derjenigen einen Schleyer
„zu ziehen suchen, für die, Natur und Re-
„ligion Ehrerbietung und Gehorsam gebie-
„ten. Leider! aber kann man nicht in Ab-
„rede seyn, daß sich manche Aeltern auch
„Fehlern überlassen, die die traurigsten
„Folgen für ihre Familien haben: Fehler,
„die sie nicht einmal vor ihren Kindern zu
„verbergen suchen, sondern sie ihnen offen-
„bar zeigen, so bald sie mit ihnen unter dem
„väterlichen Dache wohnen, woraus sie so
„lange verbannt werden, bis sie alt ge-
„nug sind, Charaktere unterscheiden zu kön-
„nen. Die Folge davon ist, daß manches

                „liebens-

„liebenswürdige Mädchen, wann sie aus
„der Schule kömmt, wo sie zu einer re-
„gelmäßigen Aufführung angehalten wurde,
„und einen guten Unterricht erhielt, in ei-
„ner beständigen Verlegenheit ist, wie sie
„sich in einem Hause betragen soll, wo sie
„nichts als Müßiggang, Eitelkeit, Zer-
„streuung, ungestüme Leidenschaft und
„Thorheiten findet: mithin, durch schlechtes
„Gesinde, oder durch unbedachtsame Auf-
„hetzungen junger Freunde aufgewiegelt,
„sich für berechtiget hält, gegen diejenigen,
„die ihrer Pflicht als Aeltern nicht genug
„than, Verachtung und Ungehorsam zu
„äußern. Sollten sich also die, denen be-
„sonders die weibliche Erziehung anver-
„trauet ist, es nicht zu einer wohlthätigen
„Pflicht machen, sie vorsichtig auf derglei-
„chen Vorfälle dadurch vorzubereiten, daß
„sie ihnen die Pflichten einer Tochter im gan-

„zen Umfange einprägten, und sie auf's
„angelegentlichste zu überzeugen suchten,
„daß ihre Glückseligkeit ganz allein und
„vorzüglich auf ihre eigene Aufführung
„ankömmt: daß sie ihre Seelen stärkten,
„die mannichfaltigen Ungemächlichkeiten zu
„vertragen, denen sie bey einem unschickli-
„chen Betragen schlechter Aeltern ausge-
„setzt sind; oder sie das große Glück recht
„lebhaft fühlen lehrten, wann sie Gott
„mit guten Aeltern gesegnet hat? —‟

„Die zwoten Heurathen, so vortheil-
„haft sie seyn können, bringen oft in
„Familien viel Unemigkeit hervor. Denn
„gewöhnlich haben Kinder gegen Stiefmüt-
„ter, die Ursachen mögen seyn, welche sie
„wollen, ein gewisses Mistrauen, und
„sind geneigt, ihnen Gehorsam und Ehr-
„erbietung zu versagen. Diesen suche ich

„in

„in den erſten beyden Stücken entgegen zu
„arbeiten, indem ich im erſten zu zeigen
„ſuche, daß ein gutes Betragen das
„ſchicklichſte Mittel iſt, Harmonie und
„Eintracht hervor zu bringen, wo nur
„von beyden Theilen Verſtand und gutes
„Herz genug vorhanden iſt. Im zwey=
„ten habe ich zur Abſicht, junge Gemü=
„ther zu warnen, daß ſie ſich nicht wider
„einen Vater empören, wann er eine un=
„glückliche Verbindung eingehen ſollte:
„ſondern ſich vielmehr beſtreben, durch
„Liebe und Gefälligkeit ihm ſein Schick=
„ſal zu erleichtern.“

„Das dritte und vierte Stück ſoll zei=
„gen, wie fürchterlich ein zerſtreutes Le=
„ben in ſeinen Folgen iſt, in ſo fern es
„die Ausbildung des Verſtandes hindert,
„häusliche Eintracht vernichtet, der Ge=
„ſellſchaft nachtheilig iſt, und den Verluſt

„der

„der ewigen Glückseligkeit nach ſich ziehen
„kann. Freylich läßt ſich dieſe wichtige
„Materie in einem ſo kleinen Werkchen
„nicht im ganzen Umfange zeigen. Auch
„werden alle gute Lehren nicht ihr gehöri-
„ges Gewicht haben, wenn ſie nicht von
„älterlichem Anſehen und Beyſpiele unter-
„ſtützet werden. Eine ſchickliche Aeußerung
„des einen, und eine genaue Vorſicht in
„Abſicht auf das andere würde manchen
„Müttern den Kummer erſparen, ihre blü-
„hende Nachkommenſchaft vor der Zeit ins
„Grab ſinken zu ſehen, ſo wie die bittere
„Reue, die nothwendig darauf folgen
„muß, (wenn noch einige Empfindung von
„Religion in der Seele zurückgeblieben iſt,)
„daß man verabſäumet hat, ſie zu einem
„ſo feyerlichem Schritte vorzubereiten.“

„Voller Geſundheit und Heiterheit hal-
„ten ſich junge Perſonen für ſtark genug,
„ihrer

»ihrer unersättlichen Begierde zum Vergnügen
»ohne Nachtheil jener eine Genüge thun
»zu können. Sie setzen sich ohne Bedenken
»wechselsweise den Uebertreibungen der Hitze
»und Kälte aus, trotzen der Ermüdung,
»entziehen sich ihrer Ruhe, oder suchen diese
»Ruhe nicht in Stunden, wo die Luft, von
»den schädlichen Dünsten durch die Morgen-
»sonne gereinigt, voll kühlend stärkender
»Erquickung ist, die ihren Körper Kraft,
»und ihrer Seele eine natürliche Heiterkeit
»geben würde, und überlegen nicht, daß,
»so lange nicht ihr Wachsthum vollendet
»ist, die äußerste Sorgfalt erfodert wird,
»ihre Gesundheit zu befestigen. Solche un-
»besonnene Ausschweifungen lassen sich frey-
»lich mit der Unerfahrenheit und dem feu-
»rigen Blute der Jugend entschuldigen
»was soll man aber zur Entschuldigung einer
»Mutter anführen, die ihres eigenen Ver-

»gnügens

»gnügens wegen ihre Töchter auf eine so
»gefährliche Laufbahn führet? Wie viele
»Beyspiele sehen wir nicht täglich von Per-
»sonen, die, wie Mistreß Loveleß, diese
»Fehler in ihren Kindern nicht nur zulaffen,
»sondern sogar auf alle Weise zu befördern
»suchen, statt, daß es ihre Pflicht wäre,
»sie zu unterdrücken, zu vertilgen.«

»Desto mehr thut es mir leid, wenn ich
»sagen muß, daß solche Sinnesänderungen,
»wie in diesen dramatischen Stücken vorge-
»geben werden, weniger wirkliche Gemälde
»desjenigen, was in der Welt geschieht,
»als vielmehr ideale Vorstellungen von dem
»sind, was geschehen sollte. Indeffen
»schmeichle ich mir doch, daß sie Müttern
»von einer andern Art nicht unangenehm
»und denen nutzbar seyn werden, für die sie
»hauptsächlich geschrieben sind, ich meyne
»jungen Frauenzimmern, deren erste Erzie-
»hung

„bung vollendet ist," und die nun benjenigen
„Perioden ihres Lebens erreicht haben, wo
„die, ihnen gegebene Unterweisung unmittel-
„bar die Ausbildung der häuslichen Tugen-
„den sollte zur Folge haben, damit sie dann
„auch den großen Pflichten guter Weiber und
„Mütter eine Genüge thun möchten."

„Wollten die ältern Töchter in Familien
„das Beyspiel der mütterlichen Schwester,
„das ich aufgestellt habe, wann es die Ge-
„legenheit giebt, nachahmen, so würden sie
„die wohlthätigen Früchte davon in ihrer
„eigenen Vervollkommnung, in der immer
„zunehmenden Liebe ihrer Aeltern, in der
„Zärtlichkeit und Hochachtung ihrer jüngern
„Brüder und Schwestern, in dem Beyfalle
„der Welt, und in dem Segen des Himmels
„finden."

„In dem fünften dieser Dramen habe ich
„die Thorheit und das Hassenswürdige des
„Stolzes,

„Stolzes, die Schönheit und Liebenswür-
„digkeit der Demuth; und die Vortheile,
„die aus den verschiedenen Erziehungsarten
„entspringen, in einem Stande der Wider-
„wärtigkeit zu zeigen mich bemüht."

„Das sechste soll das Abstechende in
„den Gesinnungen einer Tochter darstellen,
„die unter der Aufsicht einer sorgsamen und
„zärtlichen Mutter erzogen ist, gegen die, ei-
„nes armen jungen Geschöpfs, die von ei-
„ner unüberlegsamen Mutter in ein frembes
„Land verbannt worden, wo sie einige ihrer
„kostbarsten Jahre, in Nahrung der Liebe
„zur Eitelkeit, in Erlernung falscher Be-
„griffe von Glückseligkeit, und in tumul-
„tuarischen Ergötzlichkeiten, unter der Vor-
„stellung vom guten Tone und einer verfei-
„nerten Lebensart verschwendet hat."

„Es ist kaum glaublich, wie gewisse Ael-
„tern es von sich erhalten können, ihre
„Töchter

„Töchter dem mütterlichen Auge der Zärtlich-
„keit, und einer wachsamen Sorgfalt zu ent-
„ziehen! Und doch geschieht es, daß Ael-
„tern bey uns oft Mädchen in ihrem neun-
„ten oder zehnten Jahre jedem ihrer Ver-
„wandten und Freunde, der ihre zunehmen-
„den Fehler liebreich bessern würde, entreis-
„sen, und sie, als Kostgängerinnen in Klö-
„ster schicken. Der Eigennutz der Vorge-
„setzten an diesen Orten erfodert es freylich;
„die schmeichelhaftesten Nachrichten von den
„zunehmenden Kenntnissen und Wachsthum
„im Guten, von der ihrer Fürsorge anver-
„trauten Jugend zu übersenden. Die Mut-
„ter erfährt natürlicher Weise von der rei-
„nen Wahrheit nichts, und hat nicht ein-
„mal Gelegenheit, von der Behandlung ih-
„res Kindes eine genaue Nachricht einzuzie-
„hen, das nun Gefahr läuft, einer bösar-
„tigen Strenge ausgesetzt zu seyn, ohne

„einen

„einen liebreichen Freund zu haben, der sie
„in ihrer Betrübniß trösten, oder ihren ge-
„rechten Beschwerden abhelfen könnte. Doch
„dieß sind noch Kleinigkeiten in Verglei-
„chung der weit größern Gefahr, welcher
„Kinder, die in katholischen Ländern erzo-
„gen werden, ausgesetzt sind: ich meyne die,
„daß ihnen die Grundsätze einer irrigen und
„abergläubischen Religion eingeflößet wer-
„den, deren große Triebfeder das Verdienst
„der Bekehrungssucht ist. Wie kann man
„alsdann wohl erwarten, daß eifrige Beken-
„ner derselbigen, nicht alle ihre Bestrebungen
„anwenden sollten, die jungen Gemüther,
„die ihren Täuschungen bloß gestellet wer-
„den, dahin zu neigen? Gesetzt aber auch,
„solche Personen suchten das Vertrauen, das
„Protestanten in Ansehung ihrer in sie
„setzen, nicht auf diese Art zu mißbrauchen,
„was kann man von ihren Schülerinnen

Erster Band.　　　b　　　„besser

„bessers erwarten, als daß sie gar keine Re-
„ligion mit nach Hause bringen?“

„Aus diesen flüchtigen Anmerkungen
„sieht man, daß meine Absicht hauptsächlich
„auf die jungen Frauenzimmer geht, die
„in die Welt eintreten und sich auf die Ver-
„hältnisse des Lebens, in die sie daselbst kön-
„nen versetzt werden, vorbereiten sollen, und
„nur um dieses wohlthätigen Zwecks willen,
„mußte ich die Fehler der Aeltern mit auf-
„stellen. Aus der Ausführung meines Plans
„wird man sehr deutlich sehen, daß ich nichts
„weniger als frühzeitige Gedanken von
„Liebe und Heurath in jungen weiblichen
„Gemüthern zu erregen suche; ob ich gleich
„nicht mit manchen Aeltern darinne einig
„bin, daß sie von diesen Dingen mit ihren
„Töchtern nicht eher sprechen wollen, als
„bis diese in den verheuratheten Stand tre-
„ten sollen. Mit einer gewissen Einschrän-
„kung

„küng und Vorsicht sollten sie, däucht mir,
„öfters darauf geleitet werden, aber frey-
„lich nur in so weit, als man sie auf die
„Fehler aufmerksam macht, durch die so
„viele unglücklich werden, damit sie die Ge-
„fahr einer unschicklichen Aufführung ein-
„sehen lernten, ehe sie sich noch in die wich-
„tigste aller Verbindungen des menschlichen
„Lebens einließen, und geschickt gemacht wür-
„den, so bald sich eine Parthie mit guten Aus-
„sichten unter dem Beyfalle ihrer Aeltern
„und Freunde zeigte, ein Haus- und Wirth-
„schaftswesen gut einzurichten, und ihrer
„Männer höchstes Glück und Freude zu seyn:
„Ihre Kinder gut zu erziehen, ihr Gesinde
„weislich zu regieren, ihre Ausgaben nach
„dem Verhältnisse ihres Vermögens einzurich-
„ten, statt sich in Kopf zu setzen, wie bey
„unsern Modeschönen oft der Fall ist, daß,
„wann sie nicht mehr in die Schule gehn,

 „sie

„sie nichts weiter zu thun haben; als ihre
„Schönheit und Talente glänzen zu lassen,
„ihre Personen auszuputzen, und Bewun=
„derer und Anbeter zu gewinnen, und in ei=
„nem schwindelnden Zirkel unaufhörliche=
„Vergnügungen sich umherzudrehen. Un=
„glücklich ist der Mann, dem solch ein Weib
„zu Theil wird, unglücklich das Loos ihrer
„verabsäumten Kinder, die der Raub des
„Elends durch die Verschuldung ihrer Müt=
„ter werden!"

Die
gute Stiefmutter

ein Schauspiel

in

drey Aufzügen.

Erster Band.   A

Spielende Personen.

Herr Sutton.

Madam Sutton.

Miß Henriette 14
Miß Fanny 13
Miß Karoline 6
— Eduard 10
— George 8
— Wilhelm 5
— Karl 3

} Jahr alt.

Frau Millerin, Aufwärterin der Madam Sutton.

Marie, Kinderfrau.

Hanne, Kindermädchen.

Der Schauplatz ist Herrn Suttons Haus.

Die

gute Stiefmutter

ein Schauspiel

in drey Aufzügen.

Erster Aufzug.

Ein Zimmer in Herrn Suttons Hause.

Herr Sutton, Madam Sutton

indem sie hineintreten.

Willkommen, liebste Seele, in diesem Hause, vormals der Wohnung Ihrer geliebten Freundin! Durch die gütige Erfüllung der letzten Bitte, die sie noch sterbend an Sie that, bey ihren lieben Kindern Mutterstelle zu vertreten, haben Sie meinem so lang bekümmerten Herzen den

A 2

Frieden

4

Frieden wieder gegeben, und mich zu dem
wärmsten Danke verpflichtet.

Mad. Sutton.

Ich bin von der Aufrichtigkeit dieser
Ihrer Versicherung vollkommen überzeugt,
und war zu oft in Ihrem Hause, so lange
meine geliebte Freundin noch lebte, als daß
ich nicht Ihr ganzes Verdienst hätte kennen und Ihnen meine völlige Hochachtung
vorlängst schenken sollen. Ich nahm daher
auch Ihre Hand mit Freuden an, und
werde mich bemühen, da Ihnen ihr Andenken nicht theurer als mir selbst seyn kann,
ihren Charakter, so viel mir nur möglich,
nachzuahmen. — Aber, wo sind Ihre lieben Kinder? Mich verlangt, sie an mein
Herz zu drücken.

Herr Sutton.

Ach meine Liebe! Sie wissen nicht,
welch schweres Geschäfte Sie übernommen
haben! Schon einige Monate vor ihrem
Tode

Tode sah sich die arme Sophia genöthiget, ihre gewöhnliche Aufmerksamkeit aus den Augen zu setzen. Sie sah die unglücklichen Folgen dieser gezwungenen Vernachläßigung, die ihr noch die letzten Stunden mit der Furcht verbitterte, daß die Fehler, die sie in ihren Gemüthern entstehen sah, wegen Mangel einer gehörigen Behandlung zunehmen würden. Während ihrer langwierigen Krankheit konnte ich selbst nicht die gewöhnliche Aufmerksamkeit auf ihre Unterweisung richten, und der traurige Schlag, der sie mir auf Immer raubte, machte mich zu den häuslichen Pflichten ganz ungeschickt. Alles was ich thun konnte, war, über meine Kinder zu weinen. Doch nunmehr bin ich entschlossen, allen unnützen Kummer zu verbannen, und wieder Vater zu seyn. Sogleich will ich sie bey Ihnen einführen: O! daß sie nur den unschätzbaren Vortheil erkennen möchten, den ich ihnen verschafft

 habe.

habe. Doch ich fürchte, daß sie sich bey Ihrer Aufnahme nicht so bezeigen werden, wie ich wünsche, da ich seit meiner Rückkunft merke, daß meine ältesten Mädchen gar nicht mit meiner Heurath zufrieden sind, so sehr ich sie auf eine angenehme Art zu überraschen glaubte, wenn ich Sie, als Mutter ins Haus brächte, da sie Ihnen sonst so sehr ergeben waren.

Herr Sutton geht ab.

Mad. Sutton allein.

Nach dem, was mir mein Mann von seiner jungen Familie sagt, sehe ich im Voraus, daß ich viel Schwierigkeiten werde zu überwinden haben. Es ist mir nicht lieb, daß er seinen ältesten Töchtern von seinen Absichten gar nichts gesagt hat. Inzwischen will ich an meine liebe Sophia denken, und um ihrentwillen mich von ganzem Herzen bestreben, eine wahre Mutter zu seyn. – Alle Ceremonienbesuche sollen aufgescho-

geſchoben werden, bis ich dieſe wichtige
Angelegenheit in Richtigkeit gebracht habe.

Herr Sutton bringt Miß Henrietten,
Miß Fanny, Miß Karolinen, und
Wilhelm. Die ältern Töchter nähern
ſich der Madam Sutton mit Wider-
willen.

Herr Sutton.

Hier, meine Beſte, nehmen Sie Iſa-
bellen und Fanny aus meinen Händen! Hoffentlich werden Sie Ihre vormalige Güte
nicht vergeſſen haben, und ſich freuen, Ihnen
ihren Gehorſam und ihre Liebe zu bezeigen.

Mad. Sutton nimmt ſie bey der Hand,
und will ſie küſſen: ſie kehren ſich
verächtlich von ihr weg.

Haben Sie mich vergeſſen, meine Lieben?
Erinnern Sie ſich nicht mehr, wie lieb ich
Sie hatte? Noch bin ich eben ſo, wie
vormals gegen Sie geſinnt, und werde für
Sie gewiß die zärtlichſte Mutter ſeyn.

Miß Henriette und Miß Fanny brechen
in Thränen aus.

A 4

Miß

Miß Henriette.

O! meine gute, liebe wahre Mutter, wäreſt du doch noch am Leben!

Herr Sutton.

Dieſer Wunſch, mein Kind, iſt izt ſehr übel angebracht. Es war der Wille der Fürſehung, die ſie von uns genommen. Sie iſt in einem Stande der Glückſeligkeit, das wiſſen wir gewiß, und nun iſt es unſere Pflicht, dieſen Verluſt mit Gelaſſenheit zu ertragen. Ich habe euch eine neue Mama verſchafft, eine, die euch, ich bin es überzeugt, liebt: und, wenn Ihr ihr die gebührende Pflicht und Ehrerbietung bezeiget, für euer Beſtes ſo gut, als eure erſte Mutter ſorgen wird. Doch, geht izt! Ich will euch wegen der Thränen nicht tadeln, die Ihr dem Andenken einer ſo zärtlichen Mutter widmet. Aber denkt nun auch dem Glücke nach, das ich euch verſchafft habe, und freuet euch mit mir, daß eine

ihrer

ihrer liebsten hinterlassenen Freundinnen bey
euch ihre Stelle vertritt.

Miß Henriette und Miß Fanny
gehen ab.

Herr Sutton.

Karoline und Wilhelm! warum lauft
Ihr nicht auf eure neue Mama zu? Ich
dachte, Ihr würdet eine rechte Freude über
sie haben!

Miß Karoline.

Ganz und gar nicht, Papa. Marit
sagt, es würde uns bey einer Stiefmutter
nicht gut gehen, und ob ich gleich die Mistreß
Grünhill sonst lieb hatte, und es gern sah,
wenn sie zu unserer armen Mama kam, so
werde ich ihr doch nun nicht mehr gut seyn.

Wilhelm.

Und ich auch nicht: denn sie wird mir
nichts zu spielen geben, und mich nicht mehr
im Garten umher laufen lassen.

A 5　　　　　Herr

Herr Sutton.

Wer kann euch, meine liebsten Kinder, solche Dinge in Kopf gesetzt haben? Doch davon ein andermal! Izt macht mit eurer neuen Mama die Probe; fragt, ob sie euch nicht in Garten will gehen lassen. — Wie? Ihr seyd stumm? Gut, Karoline; sie hatte dir die schönste Puppe mitgebracht, die ich noch in meinem Leben gesehen habe: aber, da du dich so schlecht aufführest, so wird sie sie behalten.

Mad. Sutton.

O nein, mein Herz, ich muß das Vergnügen haben, sie ihr izt zu geben. Wir wollen bald einander besser kennen lernen, und — damit mein kleiner Wilhelm sieht, daß ich nicht Willens bin, ihn in der Stube einzusperren, wie er fürchtet, so will ich ihm nicht nur erlauben zu spielen, sondern ihm selbst die Mittel dazu ver-

schaffen.

schaffen. Hier, lieber Wilhelm, habe ich
Kegel für dich stehen.

> Sie giebt ihm einen Korb mit einem
> Kegelspiel, das sie auf einem Tische
> stehen hat: so wie Karolinen eine
> Puppe.

Karoline.

Ey! was für eine allerliebste Puppe!
Also, meine neue Mama, wollen Sie gut
gegen mich seyn? Nun, so will ich auch
Marien nicht mehr glauben: Nein, über
die schöne Puppe! Komm, liebes Püppchen!
ich bin deine gute neue Mama.

Wilhelm.

Ich will gewiß viere auf einmal schieben. Komm, Papa, schiebe mit.

Herr Satton.

Nun, ich will gleich nachkommen; geh
nur, nimm deine Kegel und küsse deine Mama zuvor. Auch du, Karoline, nimm dein
Kind und zeige es deiner Schwester. Sage
euern

euern Mädchen, daß sie Karln herunter
bringen soll.

Karoline und Wilhelm gehen mit ihren
Spielsachen ab.

Madam Sutton, Herr Sutton.

Mad. Sutton.

Ich sehe, daß man die Kinder sehr gegen mich eingenommen. Inzwischen denke
ich, Zeit und Geduld sollen schon alles wieder gut machen.

Herr Sutton.

Es wird Mühe kosten, meine Liebe,
und es thut mir von Herzem leid. Ich will
aber meiner Seits alles Mögliche thun, ihnen diese ungerechten Vorurtheile, die man
ihnen beygebracht, zu benehmen: — doch
hier kömmt einer, der, hoffe ich, davon noch
frey seyn soll.

Die Vorigen. Hanne mit dem
kleinen Karl.

Karl schreyend.

Ich will keine neue Mama — ich mag
keine! Ich will bey Hannen bleiben.

Mad.

Mad. Sutton.

Auf die Seite zu Herrn Sutton. Zwingen Sie nicht das Kind, daß es zu mir
geht. Laſſen Sie es ausſchreyen, bis es
mich recht angeſehen hat: vielleicht, wenn
es ſieht, daß ich nichts Fürchterliches in
meinem Geſichte habe, kömmt es von ſelbſt
zu mir. Schicken Sie nur ſein Wartemäd-
chen fort und nehmen ihn ſelbſt.

Herr Sutton.

Hanne, laßt Karln hier: ich will ihn
ſchon nehmen.

Hanne.

O erlauben Sie immer, Herr Sutton, daß
Karlchen mit mir geht. Ich kann ihn gleich
zur Ruhe bringen. Armer kleiner Schelm!
Es wird ihm ſein armes Herzchen brechen,
wenn ſie ihm nicht ſeinen Willen thun.

Herr Sutton.

Packt euch — den Augenblick! Ich kenne
ſchon eure Art, ihn zu beſänftigen. Ihr
wollt

wollt ihm gewiß seinen verkehrten Willen
thun, und ihm vermuthlich sagen, daß sein
Vater ein böser Mann ist? —

Hanne geht ab.

So verderben diese Leute, die zur Wartung gemiethet sind, die Herzen unserer
Kinder, und machen uns mehr Last, als
sie uns nach der Absicht Mühe ersparen
sollten.

Karl schreyt immer fort.

Ich will mit Hannen gehen — will mit
Hannen gehn — nicht bey meiner neuen
Mama bleiben — sie wird mich schlagen.

Herr Sutton.

Du sollst auch nicht bey deiner neuen
Mama bleiben, sondern zu mir kommen,
Karl! Aber, statt immer nach Hannen zu
schreyen, willst du nicht lieber deinen Bruder Wilhelm Kegel schieben sehen? Seine
neue Mama hat ihm recht schöne Kegel mitgebracht.

Karl

Karl hört auf zu schreyen.

O ja, Papa, laſſen Sie mich die Kegel sehen! Will meine neue Mama mir nicht auch welche geben?

Herr Sutton.

Ganz ſicher, Karlchen: aber du mußt auch ein gutes Kind ſeyn. Und ſiehſt du? Sie hat einen kleinen Stuhl für dich mitgebracht: wenn du aber nicht zu ihr gehſt, bekömmſt du ihn nicht.

Karl.

Geben einem denn die neuen Mamas Spielſachen? Ich dachte, ſie nähmen ſie weg.

Herr Sutton.

Ey, warum nicht, mein Kind! Sie geben Spielſachen, und ſo bald die Kinder gut ſind, thun ſie alles, was ihnen Vergnügen macht. Geh nur zu deiner neuen Mama und verſuche es.

Karl

Karl läuft auf Mad. Sutton zu.

Nun, so gieb mir den Stuhl, Mama.

Mad. Sutton.

I von Herzen gern, da du zu mir
kömmst! Hier ist er! Du wirst mir doch
auch einen Kuß geben? — Nun geh und
trage ihn in deine Stube und spiele damit.

*Karl küßt sie und geht mit seinem kleinen
Stuhle vergnügt fort.*

Herr Sutton.

Nun, das hieß' ein wenig die Liebe er-
kauft, oder bestochen.

Madam Sutton.

Aber doch nicht aus bösen Absichten.
Mit der Zeit soll mich mein Kleiner, wie
ich hoffe, schon aus bessern Bewegungsgründen lieben. Ein Schritt ist gewonnen,
und ich hoffe bald mehrere zu thun.

Herr Sutton.

Ich erwarte den Nachmittag Eduarden
und Georgen aus der Schule. Ich habe
ihren

ihren Lehrer heute um einen Feyertag für
sie gebeten, damit sie Ihnen ihre Ehrerbietung bezeigen. Nach dem Pröbchen aber,
das Sie bereits von Ihren übrigen Stief-
kindern erhalten, dürfen Sie sich nach dieser Unterhaltung so gar sehr nicht sehnen.

Mad. Sutton.

O mein lieber Sutton: ich bin schon
darauf vorbereitet, und es kömmt mir nichts
Unerwartetes. Ich hoffe die jungen Leut-
chen auch schon so zu behandeln, daß sie
mit mir sollen zufrieden seyn.

Ein Bedienter.

Sir, Herr Steady ist unten.

Mad. Sutton.

Mein guter alter Freund, der Rector!
Erlauben Sie, daß ich ihn mit sehen darf.

Herr Sutton zu dem Bedienten.

Führt ihn in Saal! — So kommen
Sie.

Gehen ab.

 Die

Die Kinderstube.

Miß Henriette, Miß Fanny. Marie und Hanne.

Miß Henriette.

Nun, Fanny, ist unsere neue Stiefmutter da, und wir sind ihr vorgeführt worden. Ich dachte, es würde unsers Schreyens wegen Etwas setzen; aber vermuthlich wird sie den ersten Tag wollen vorbeylassen.

Miß Fanny.

Ich weiß sicher, daß ich mich nie mit ihr vertragen werde. Das sehe ich voraus, daß sie dem Papa stets von uns etwas wird vorzuklagen haben, und daß wir seine Liebe darüber verlieren werden.

Miß Henriette.

Was frage ich nach ihr! Ich bin ihr weder Liebe noch Gehorsam schuldig.

Marie.

O gewiß, Mamselchens: ich weiß solche Geschichtchen von Stiefmüttern. Wenn

ich

ich sie Ihnen erzählen wollte, die Haare sollten Ihnen zu Berge stehen!   Immer gehts
den armen Kindern übel.

Hanne.

Ja gewiß und wahrhaftig!   Es sind
die schlechtesten Leute in der Welt, und wenn
das Völkchen auch noch so gut vorher gewesen ist; so bald sie Stiefmütter werden,
ja, da ists vorbey.   Ich will mein Leben
darauf verwetten,   Sie hat unsern guten
Herrn schon wider das arme Karlchen aufgehetzt.   Denn, das arme Kind wollte zu
mir und schrie, daß es einen Stein hätte
erbarmen mögen — glauben Sie wohl, daß
es Ihr Papa zugelassen hätte? · · · doch
still! ich höre ihn auf der Treppe.

Die Vorigen.   Karl mit dem kleinen
Stuhle.

Karl.

Nimmermehr glaube ich dir wieder,
Hanne. Du sagtest, die neue Mama wür-

B 2

de

de mich schlagen; nun sieh einmal, was sie mir für einen schönen Stuhl gegeben — auch ein Mäulchen gab sie mir.

Hanne.

Es verlohnt sich der Mühe mit dem elenden Dinge. Lebte deine alte Mama noch, so hätte sie dir wenigstens ein Wiegenpferd gekauft.

Karl.

Nun, so soll mir die neue Mama auch eins kaufen: ich fürchte mich gar nicht mehr vor ihr.

Hanne.

Bey Leibe nicht, Kind! Sie würde gewiß glauben, ich hätte dir's in Kopf gesetzt. Ich bin schon was Rechts ausgeschmält worden, und wo du wieder etwas von mir erzählst, so habe ich dich gleich nicht mehr lieb, und gebe dir weder Pfeffernüßchen noch Aepfel, und, wenn sie dir die Ruthe

geben

geben will, so mag sie: ja, ich will ihr
alle deine schönen Stückchen erzählen.

Karl.

Schon gut: mein Stühlchen ist doch
hübsch. Wenn ich nur ein Band hätte, daß
ich es dran binden und damit fahren könnte
— Hör, Hanne, gieb mir eines.

Hanne.

Ey, ich hätte sonst nichts zu thun, als
Bänder zu suchen — ich habe keines.

Miß Fanny.

Das kannst du ja thun, Hanne: du mußt
ihm nicht in solchen Kleinigkeiten wider=
sprechen.

Hanne.

Ich dächte, ich ließe ihm doch allen
Willen. Aber, da der Papa wieder ver=
heurathet ist, und er seine neue Mama
lieber als mich hat, so gehe ich meiner
Wege.

B 3   Karl.

Karl.

Wenn du nicht willst, wie ich will; so
kannst du gehen — so will ich meine neue
Mama dir zum Possen lieb haben.

Miß Fanny.

Hör, Jettchen; wir werden gewiß zum
Thee gerufen werden. Wie wirst du dich
denn anstellen?

Miß Henriette.

Das weiß ich dir selbst nicht. Ich wollte,
ich dürfte nicht. — O was für ein trauriges Ding ists nicht um eine Stiefmutter!

Miß Henriette.

Ganz gewiß! Nun wird nichts mehr
nach unserm Kopfe gehen. Wenn wir hier
hinaus wollen, wird sie dort hinaus wollen: und alle Freude wird uns verbittert
werden.

Hanne.

O so müssen Sie auch Ihre Köpfchen
aufsetzen! Ich kenne eine Stiefmutter, die
ihre

ihre Kinder halb zu Tode quält, sie ein=
sperrt, und keinen Menschen zu ihnen läßt.
Aber, wenn ich an Ihrer Stelle wäre, so
wollte ich doch sehen? Wenn Madam Sut=
ton merkt, daß sie nichts ausrichtet, so
muß sie sich doch endlich darein ergeben,
und Ihr Papa — ja, der verdient, gestraft zu
werden — warum hat er wieder geheura=
thet, da er schon solche große Töchter hat?

Miß Henriette.

Sage mir nur nichts mehr, Hanne; ich
möchte närrisch werden. Wenn du nicht
nachgiebst, Fanny — ich will es gewiß nicht.

Miß Fanny.

Du kannst dich auf mich verlassen! Ich
wundere mich nur, wo Wilhelm und Karo=
line bleiben.

Marie.

O Miß, das kann ich Ihnen sagen.
Unsere neue Frau hat, um ihnen das Maul
zu schmieren, Karolinchen eine Puppe, und

Wil.

Wilhelmchen ein Kegelspiel gegeben. Er spielt damit im Garten, und sie tändelt mit ihrem neuen Püppchen unten im kleinen Saale. Ich ließ sie da, weil man sonst vor ihnen nicht ein Wort hätte aufbringen können: denn zum Wiedersagen sind sie schon groß genug. Nein, nie ziehe ich wieder zu Kindern, die schon plaudern können. So lange man sie noch auf dem Arme herum trägt, da gehts: denn, kömmt unser Liebchen, oder sonst ein guter Freund zu einem; so wirft man sie in die Wiege, oder sperrt sie in ihr Stühlchen ein, und schreyn sie, so stopft man ihnen das Maul mit einem Stück Zucker. Aber ich werde es kriegen, wenn ich Wilhelm und Karolinchen länger allein lasse. Es wird geklingelt. Der Himmel sey mir gnädig! Ganz sicher klingelt die Frau.

Hanne läuft fort.

Miß

Miß Henriette zu Miß Fanny.

Unfehlbar sollen wir zum Thee kommen.

Hanne kömmt zurück.

Hanne.

Sie sollen hinunter kommen, Mamsellchen. Die Madam sieht wie ein Bär, und
der Herr zieht die Stirn schrecklich in Fal-
ten. Sie sind dahinter gekommen, daß
man Karolinen und Wilhelmen allein gelaf-
fen — Sie wirds kriegen, Marie.

Marie.

Nu, mags doch!

Miß Henriette.

Ich bin sehr Willens, wenigstens nicht
gleich zu gehen, damit sie sieht, daß ich
mir von ihr nicht befehlen laffe.

Miß Fanny.

Ja, wär mir's nicht um den Papa, so
gieng ich gewiß nicht hinunter. Aber, da
müffen wir doch in einen sauren Apfel
beißen!

 Hanne.

Hanne.

Arme Kinder! wie nahe sie mir nicht gehen!

Miß Henriette und Miß Fanny
gehen ab.

Hanne. Marie.

Hanne.

Ich denke, ich habe sie gut zugestutzt. Werde ich fortgejagt, wie es unfehlbar geschehen wird, so will ich gewiß noch so viel Unheil stiften, als mir nur möglich ist.

Marie.

Ah, ist Sie fort, so will ich gewiß auch nicht lange bleiben, und es schon so machen, daß sie mich auch fortschickt. Ich frage nach den jungen Dingern so wenig, als nach der Stiefmutter. Freylich hat man das noch bey ihnen zum Vortheil, daß sie schweigen, wenn man ihnen ums Maul herum geht. — Nu, komme Sie, und lasse Sie uns unsern Thee trinken. Dann mache Sie der

Kinder

Kinder ihr Abendbrod zurechte - - - Ah ver-
zweifelt! beynahe hätte ich Karolinen und
Wilhelm wieder vergeſſen. Setze Sie der-
weile das Theezeug zurechte, und ſchmiere
Sie ein paar gute Semmelbemmen dazu:
Ich will warm Waſſer aus der Küche mit-
bringen: dann wollen wirs in Ruhe genießen.

Der Saal, mit dem Theetiſche.
Herr und Madam Sutton, zu Miß Hen-
rietten und Miß Fanny, die hin-
eintreten.

Herr Sutton.

Nun, setzt euch, meine lieben Kinder.
Was habt Ihr diesen Nachmittag Gutes gemacht? Ich muß wiſſen, wie Ihr eure
Zeit ausfüllt — Doch eure Mama wird dafür schon sorgen.

Miß Henriette.

Ich hoffe doch nicht, Papa, daß ich
immer leſen und arbeiten soll? Denn, wenn
ich

ich muß, so werde ich weder zu dem einen, noch zu dem andern Luſt haben.

Mad. Sutton.

Ich wünſche nichts weniger, Miß Henriette, als Ihnen einen unvernünftigen Zwang aufzulegen: hoffe aber zuverſichtlich, daß ein junges Frauenzimmer von Ihrem Verſtande, ſelbſt wiſſen wird, was zu ihrem Beſten dienet. Doch, davon wollen wir itzt nicht reden. Morgen will ich Ihnen den Plan mittheilen, den ich dazu entworfen habe, und verſpreche mir um ſo viel mehr Ihren Beyfall, da ich mit meinem Unterrichte Liebe und Gefälligkeit werde zu verbinden ſuchen.

Miß Fanny.

Ich dachte, wir ſollten Lehrmeiſter bekommen? wir ſind ja nicht mehr kleine Kinder.

Herr Sutton.

Das ſollt Ihr auch, Fanny. Da eure Mama aber ſo geſchickt in Allem iſt, und euch

selbſt

selbst in mancherley Dingen zu unterweisen denkt: so hoffe ich, daß Ihr es mit Dank annehmen werdet. ... Antworte mir nicht: denn deine Miene mißfällt mir durchaus.

Miß Henriette.

Meine Schwester, lieber Papa, ist doch gewiß nicht Willens, Sie zu beleidigen. Aber Sie können uns gar nicht zumuthen, daß wir auch Mistreß Sutton lieben sollen, da sie uns weiter nichts angeht.

Herr Sutton.

Unverschämtes Mädchen, schweig! Du unterstehst dich, in meiner Gegenwart eurer besten Freundinn auf eine so grobe Art zu begegnen?

Mad. Sutton.

Besänftigen Sie sich, lieber Mann. Denken Sie an die nachtheiligen Umstände, unter denen Ihre guten Kinder bisher gewesen sind. Ich hoffe, sie bald zu überzeugen, daß mir ihre Glückseligkeit am Her-

zen

zen liegt, und dann bin ich überzeugt, daß
sie mich auch lieben werden.

Herr Sutton.

So weh mir eine solche Unverschämtheit
thut, so will ich meinen Unwillen, weil
Sie es verlangen, für itzt unterdrücken. —
Ja, Kinder! bloß der liebreichen Fürbitte
dieser vortrefflichen Freundin, der Ihr so
unwürdig begegnet, habt Ihr diese Scho-
nung zu verdanken: denn so viel könnet
Ihr glauben, daß eure eigene gute selige
Mutter kaum mit so herrlichen Eigenschaften geschmückt war, als dieses liebenswürdige Frauenzimmer. So sehr ich auch Mistreß
Grünhill, die itzt ihre Stelle einnimmt, allezeit geschätzt habe, so würde ich doch, ohne
euch, nie an eine zwote Verbindung gedacht
haben. Da sie sich aber gefallen lassen,
ihre friedsame Einsamkeit zu verlassen, und
ihre Ruhe der Freundschaft aufzuopfern,
so will ich auch gewiß nicht ihr Leben

durch

durch euer verkehrtes Betragen unglücklich machen laſſen.

Mad. Sutton.

Noch einmal, Herr Sutton, mein Herz ſagt es mir, daß Alles gut gehn wird, und wir in Kurzem noch die beſten Freunde ſeyn werden.

Miß Henriette.

Ich will mir wenigſtens alle Mühe geben, lieber Papa, Ihnen gefällig zu ſeyn, und es thut mir leid, wenn wir uns Ihr Mißfallen zugezogen haben. Entziehen Sie uns nur Ihre Liebe nicht: denn, was wollten wir ſonſt anfangen!

Herr Sutton.

Nie habe ich euch einen größern Beweis gegeben, als da ich mich zu dieſer zwöten Heurath entſchloſſen, die euch auf eine ſo unvernünftige Art aufgebracht hat. Verdient Ihr meine Zärtlichkeit, ſo werde ich ſie euch nie verſagen: aber, das ſage ich euch,

euch, rebellische Kinder werde ich nie lieben. - - - Ah, ich höre draußen meine
Söhne! Erlauben Sie, daß ich ihnen entgegen gehe, und sie selbst bey Ihnen einführe.

Herr Sutton geht ab.

Mad. Sutton.

Ich sehe Ihr Mißfallen, meine Lieben,
auf Ihren Gesichtern, und so wenig ich Sie
auch geneigt finde, meinen Freundschafts-
versicherungen Glauben beyzumessen; so
kann ich doch nicht umhin, Sie nochmals zu
bitten, daß Sie sich dießfalls beruhigen.—
Wenden Sie diesen Abend nach Ihrem Gefallen an. Morgen aber, wenn ich Sie
beym Frühstücke wieder sehe, erfreuen Sie
mich durch solche Gesinnungen, als Sie von
mir gewiß zu gewarten haben.

Miß Henriette.

Wir werden nicht eher gehn, als bis es
uns der Papa heißen wird — überdieß
möchten wir gern unsere Brüder sehn.

Mad.

Mad. Sutton.

Gut, so bleiben Sie. Sie sind mir gar nicht im Wege.

Herr Sutton, der voller Unruhe wieder hereinkömmt.

In der That glaube ich, daß sich meine Kinder vereiniget haben, mir heute Kummer zu machen. Können Sie denken, daß die Schurken durchaus nicht herein wollen? Ohne Zweifel würde ich mein väterliches Ansehen gebraucht haben, wenn ich nicht gefürchtet hätte, Ihnen Unruhe zu verursachen. (Zu seinen Töchtern) Hört, Mädchen! Ihr habt es doch nicht etwa mit euern Brüdern verabredet, und ihnen die unglücklichen Gesinnungen beygebracht, die ihr selbst geäußert habt?

Miß Henriette.

Ich habe meine Brüder gar nicht zu sprechen Gelegenheit gehabt, lieber Papa. Aber — es wird Ihnen auch nicht an Freun-

<table><tr><td>Erster Band.</td><td>C</td><td>den</td></tr></table>

den fehlen, die so denken, wie wir: und ich dächte, es wäre so gar wunderbar nicht, wenn Kinder den Zwang fühlen, der ihnen soll auferlegt werden.

Herr Sutton.

Hast du schon vergessen, daß ich dir verboten habe, deine Unverschämtheit zu wiederholen?

Miß Fanny.

Mistreß Sutton verlangte, daß wir gehen sollten. Wir wünschten aber unsre Brüder zu sehen, wollten aber solches nicht ohne Ihre Erlaubniß thun. Unsre Absicht ist gar nicht, daß wir Ihnen ungehorsam seyn wollen.

Herr Sutton.

Nun, so gehorcht meinem Befehle, und erweist eurer Mutter die Ehrerbietung, die ihr gebührt. Jetzt geht!— Nein, eine solche Aufnahme erwartete ich doch nicht von meinen Kindern! Aber das sind die Folgen einer zu väterlichen Nachsicht.

Miß Henriette und Fanny gehen ab.

Herr

Herr Sutton. Madam Sutton.

Mad. Sutton.

In der That, mein liebster Sutton,
müssen Sie die Sache nicht so ernstlich aufnehmen. Ich weiß nur zu gut, daß junge
herangewachsne Frauenzimmer sich das
fürchterlichste Ding unter einer Stiefmutter
vorstellen, und unter einer langen vernach-
läßigten Aufsicht, auch bey keinem bösen
Herzen, üble Grundsätze annehmen können:
doch hoffe ich, sie sollen bey ihnen noch nicht
tiefe Wurzel gefaßt haben. Wir müssen nur
sanft und vorsichtig verfahren, daß wir
nicht, indem wir das Unkraut ausjäten
wollen, den Weizen zugleich mit ausreißen.
Es ist zwar kein artiges Kompliment, wenn
ich Sie gleich zum Anfange bitte, sich ein
wenig entfernt zu halten. Haben Sie aber
auf Morgen einen Freund zu besuchen, so
werde ich Sie bitten, einen Versuch zu machen, was ich für mich allein ausrichten

kann.

kann. Zugleich erlauben Sie mir, daß ich
ihre Wärterinnen fortschicken darf: denn so
lange diese hier sind, richten wir nichts aus.
Meine Kammerfrau mag indessen die Sorge
für die Kleinen übernehmen, bis ich andere
gemiethet habe. Sie sollen auch nicht viel
Arbeit finden; denn ich denke, sie immer
unter meinen eignen Augen zu behalten.

Herr. Sutton.

Vortreffliche Frau! Wie kann ich Ihre
Tugenden genug schätzen! Verfolgen Sie
Ihren Plan; ich will alles das Meinige zur
Beförderung desselbigen beytragen, so schwer
mir es auch werden wird, meinen Unwillen
über eine solche Hartnäckigkeit zurück zu
halten.

Mad. Sutton.

Nun, so erlauben Sie, daß Ihr Eduard
und George das mal ihren Willen haben.
Vielleicht wird sie ein gutes Stück Aepfel-
kuchen eher in Saal ziehen, als ihre Liebe

zu

zu mir.   Laſſen Sie ihnen das ſagen; überlaſſen Sie es aber ihrer Wahl.   Ich hoffe
ſie ſchon nach und nach auf beſſere Gedanken zu bringen.

Herr Sutton.

Ich bin vollkommen Ihrer Meynung,
und bin überzeugt, daß man wahrſcheinli-
cher Weiſe durch Sanftmuth bey ihnen am
meiſten ausrichten wird. — O wie wird
mir ſo wohl ſeyn, wenn ich mich wieder
in meiner geliebten Familie von zufriedenen
Herzen und heitern Geſichtern werde umge-
ben ſehen! Ich will Morgen bey Herrn
Steady frühſtücken, und meine beyden ält-
ſten Knaben mitnehmen: denn bey ihren
gegenwärtigen Geſinnungen wird es beſſer
ſeyn, wenn die Kinder von einander entfernt gehalten werden. Ich fürchte ohne
dieß, daß Sie genug mit meinen Mädchen
werden zu thun haben.

C 3   Mad.

Mad. Sutton.

Vielleicht geht es besser, als wir vermuthen. Die guten Grundsätze, die ihnen in den ersten Kindheitsjahren beygebracht worden, können bey den natürlich guten Empfindungen, die sie sonst geäußert haben, unmöglich ganz erloschen seyn. Doch, es mag mir auch noch so schwer werden; die Ehrerbietung und Liebe für Sie und für das Andenken meiner Sophia werden mir alle Schwierigkeit überstehen helfen. Wenigstens soll keines ihrer Kinder über mich zu klagen Ursache haben. Die Kleinsten habe ich schon größtentheils in meiner Gewalt: der Himmel wird weiter helfen; und habe ich sie nur einmal gewonnen, so hoffe ich, es soll für allemal seyn; und Henriette und Fanny sollen ein so gutes Zeugniß für mich ablegen, daß, wenn ihre Brüder wieder zurückkommen, sie meine Gegenwart nicht mehr fliehen sollen.

Herr

Herr Sutton.

Ich wünsche es, so sehr ich daran zweifle, ob ich gleich die beste Meynung von Ihrem edlen Herzen, und Ihrem Verstande habe. — Doch ich will sehen, was itzt mit meinen ungezogenen Söhnen zu thun ist.

Mad. Sutton.

Und ich will mich ein wenig umsehen, wie es im Hause steht. Ein Glück für mich, wenn ich Ihre Leute so finde, daß ich sie beybehalten kann.

Herr Sutton.

Ich fürchte gar sehr, daß nicht eines unter ihnen ist, das es verdienen wird; denn aller Wahrscheinlichkeit nach haben sie gemeine Sache mit einander gemacht, ohne die geringste Rücksicht auf mein und meiner Familie Bestes zu haben.

Ende des ersten Aufzuges.

***

 Zweyter

Zweyter Aufzug.

Madam Suttons Zimmer.

Madam Sutton.   Frau Millerin.

Mad. Sutton.

Ganz gewiß, liebe Millerin, ist mir in meinem Leben nichts so empfindlich gewesen, als daß ich die Leute hier im Hause alle habe fortschicken müssen. Ich kann mir vorstellen, was für nachtheilige Urtheile über mich in der Stadt werden gefällt werden: aber es war kein ander Mittel herauszukommen.

Millerin.

Laffen Sie übelgesinnte Personen sagen, was sie wollen. Ihr Betragen wird Ihnen gewiß die Liebe der ganzen Nachbarschaft so zu eigen machen, wie in der, wo Sie gewesen sind.

Mad.

Mad. Barton.

Wenigſtens werde ich mir bewußt ſeyn, daß ich meiner Pflicht eine Genüge gethan habe. Ich hoffe doch, daß die Kinderwärterinnen ihre Sachen zuſammen gepackt haben? Ihre Aufführung war ſo unerträglich, daß ich ſie nicht einen Augenblick im Hauſe länger dulden konnte. — Sie wird indeſſen ſo gut ſeyn, und die Aufſicht über die Kleinen übernehmen, bis ich ihre Stelle erſetzt habe — mittlerweile will ich ſchon für mich ſelbſt ſorgen.

Millerin.

Wie Sie befehlen, Madam, und ich denke, ich will mit Wilhelm, Karolinchen und Karlchen ſchon zurechte kommen; denn im Grunde ſind es gewiß gute Kinder, aber äußerſt verderbt und aufgehetzt. Ob die älteſten meine Dienſte ſich werden gefallen laſſen, daran zweifle ich.

C 5　　　　　Mad.

Mad. Sutton.

Hole sie mir die Kleinen her — ich will etwas für sie zurechte machen.

> Millerin geht ab. Mad. Sutton zieht einen Tischkasten heraus, worin sie ein Kistchen mit elfenbeinernen Buchstaben und einige kleine Bücher liegen hat.

Kinderaugen sind bald zu befriedigen: ich will aber auch ihre Spiele nutzbar machen.

Madam Sutton. Frau Millerin mit den Kindern, Karl, Karoline, Wilhelm.

Millerin zu den Kindern:

Habe ichs nicht gesagt, daß die Mama was recht Hübsches für Sie zurechte gemacht hätte? Ich sage nie, was nicht wahr ist.

Karl.

Nicht? Marie versprach mir immer, wenn ich nicht thun wollte, was sie wollte,

und

und gab mir darnach nichts. Ich dachte,
Sie machten es auch so!

Mad. Sutton.

Marie war nicht viel werth: denn wer
Lügen sagt, taugt nichts.

Die Kinder laufen an Tisch.

Miß Karoline.

Ey, Wilhelmchen! Sieh einmal die
schönen Bücher.

Mad. Sutton.

Die werden euch gewiß viel Freude ma=
chen. Deswegen kaufte ich sie.

Karl.

Und was ist denn in dem Kästchen?

Mad. Sutton.

Nichts als Buchstaben, von denen ich
dir die Namen sagen will — und — siehst
du — hier auch kleine artige Bilderchen?
Von diesen sollst du allezeit eines zur Be=
lohnung haben, wenn du mir einen Buchsta=
ben sagen kannst. (Zu Karolinen und Wilhelmen)

Und

Und wenn Ihr eines von den hübschen Büchern lesen könnt, so soll Jedes eines davon haben.

Miß Karoline.

O! wer doch schon lesen könnte! O Mama, lehren Sie es uns doch!

Mad. Sutton.

Mit dem größten Vergnügen.

Wilhelm.

Und mich auch?

Mad. Sutton.

Auch dich! — So bald Ihr wollt.

Miß Karoline und Wilhelm.

O gleich, gleich itzt.

Mad. Sutton.

Gut. Ich werde aber mit dem Jüngsten anfangen müssen, damit er euch nicht stört: Ihr, meine Lieben, nehmt indessen die Bücher: ich denke, Ihr könnt schon ein bischen lesen: suchet euch indessen das aus, welches Ihr gern zuerst lesen möchtet. —

Komm

Komm indeſſen, mein kleiner Freund! Du
mußt wiſſen, daß du nun mein Kind biſt.

Karl.

Ja, Mama, und ich will ſie auch recht
lieb haben. — Sie werden mich aber nicht
ſchlagen? Nicht wahr?

Mad. Sutton.

Das werde ich nicht Urſache haben:
denn wenn du nicht ungezogen biſt, warum
ſollte ich es — Da nimm die Buchſtaben
aus dem Käſtchen, und lege ſie hübſch in der
Ordnung her. Sie zeigt es ihm, wie er ſie legen
ſoll. — Nun will ich dir die Namen ſagen:
A, B, C, D u. ſ. w. Nun ſage mir, wie
ſie heißen.

Karl.

O ich weiß keines mehr, als das hier Z.

Mad. Sutton.

Gut, alſo kenneſt du doch Eines, und
das verdient ſchon eine Belohnung. Welches Bildchen willſt du? (er zeigt auf eines.)

So

So nimm! Wir wollen auch nicht alle auf einmal nehmen. Laß sehen: Ein, zwey, drey, vier: thue die übrigen wieder ins Kästchen. Dieß ist A, das B, das C, das D: Nun, sage mirs nach, A, B, C, D. Welches ist A?

Karl.

Das hier. Ein Bildchen, ein Bildchen! Ich will mein Bildchen haben.

Mad. Sutton.

Nicht so ungeduldig, mein Kind! Ein andermal sprich: »Liebe Mama, seyn Sie so gut, und geben Sie mir ein Bild!« Nun zeige mir B.

Karl.

Dieß ists doch wohl... Nein, dieß nicht — dieß — Nun, liebe Mama, seyn Sie so gut, und geben Sie mir ein Bild.

Mad. Sutton.

Recht so, mein Kind! Nun, weise mir C (Karl weiset darauf.) Gut. Nun ist nichts,

als

als das D. übrig — Das wirst du gleich finden ... Recht! Das ists. Ich merke, du wirst bald alle meine Bilderchen wegholen.

Wilhelm.

Wollen wir nicht bald lesen? Ich zuerst; es ist an mir die Reihe.

Miß Karoline.

Nein, ich zuerst; ich bin die älteste.

Mad. Sutton.

Zanket euch nicht, meine Lieben, ich will gleich den Streit entscheiden. Da, guter Karl, nimm deine Bilder, und ich will das Kästchen darneben setzen.

Karl.

Ich lerne doch morgen wieder? O meine liebe, liebe Mama, ich habe Sie recht lieb.

Mad. Sutton.

So küsse mich, mache mir eine manierliche Verbeugung, und geh mit der Frau Müllerin in Garten.

Karl und Frau Müllerin gehen ab.

Während

Während daß Mad. Sutton mit Karl
spricht, streiten sich Karoline und
Wilhelm, wer zuerst lesen soll, bis
beyde in ein Geschrey ausbrechen.

Was giebts, Kinder? Ihr weint! Hat
sich eines gestoßen?

Miß Karoline.

Wilhelm hat mir das Buch weggenommen, und spricht, er will zuerst lesen.

Wilhelm.

Karoline ist recht garstig: es ist an mir
die Reihe.

Mad. Sutton.

Ists möglich, daß Bruder und Schwester über eine solche Kleinigkeit zanken? Ich
dächte, es käme auf mich an, ob nur eines
von euch lesen soll. Und, wenn Ihr euch nicht
vertragt und gute Freunde seyd, so werde
ich euch gar nichts lehren. Doch hört,
was ich sage, wenn ich nicht gleich meine
Bücher so lange einschließen soll, bis Ihr
bessere Kinder werdet. Es ist ein häßlich

Ding

Ding für ein so hübsches junges Mädchen, wenn sie in Zorn geräth, und für einen jungen Herrn äußerst unanständig, mit einem Frauenzimmer zu zanken. Da Ihr beyde gefehlt habt, so küßt einander, und seyd gute Freunde.

Miß Karoline.

So komm her, Wilhelm, und küsse mich!

Wilhelm.

Wenn ich muß, sonst ...

Mad. Sutton.

Pfuy, ist das auch artig? Ich sehe wohl, ich muß dich zuerst lesen lassen, und dir ein Geschichtchen aufsuchen ... Ah, da finde ich gleich eines, das sich für dich schickt, (Sie giebt es ihm zu lesen.) Nun —

Wilhelm ließt.

„Ein kleiner Knabe, ob gleich von angesehenen Aeltern, war doch so ungesittet, wie der gemeinste Gassenjunge. Trat er in eine Stube, oder gieng bey Jemanden vorüber, so grüßte er Niemand, sondern drängte sich mit dem Huthe auf dem Kopfe hindurch, und zankte unaufhörlich mit seinen Schwestern. Da sein Vater sah, daß kein gutes Wort etwas bey ihm ausrichtete, glaubte er, daß er sich besser zu einem niedrigen Stande schickte, und that ihm zu einem Gassenkehrer, wo er die schmutzigste Arbeit mit mußte verrichten helfen, und nie mehr „lieber Thomas“ genannt wurde, sondern schlechtweg, Toms. Dieß gieng ihm denn sehr nahe, er schämte sich und bat den Papa, ihn wieder zu sich zu nehmen. Der Vater that es unter der Bedingung, daß er sich bessern wollte. Er versprachs und hielt es auch.“

Mad. Sutton.

Nicht wahr, Karlchen, es würde dir nicht lieb seyn, wenn es dir auch so gieng? — Ich sehe dirs an, es reuet dich, und da es dir wirklich Ueberwindung kostet, fort zu lesen, lefen, so will ich dir das Buch als einen Anfang zu deiner kleinen Bibliothek schenken. Es sind Geschichtchen drinnen, die dir noch mehr gefallen werden, als die, die du mir itzt vorgelesen hast.

Karl.

Komm, Karolinchen, das nächstemal will ich dich gewiß zuerst lesen lassen.

Mad. Sutton.

(Giebt ihr auch ein Buch.) Nun, Karolinchen, lies du.

Miß Karoline liest.

„Ein junges Frauenzimmer hatte viel Brüder und Schwestern, mit denen sie sehr vergnügt hätte leben können: sie war aber so unerträglich eigenwillig, daß sie nicht eher ruhig ward, bis es nach ihrem Köpfchen gieng. Sie bedachte nicht, wie weit angenehmer es wäre, sich seine Schwestern und Brüder verbindlich zu machen, als immer seinem Eigensinne zu folgen. Da sie aber die älteste

 war,

war, beharrte sie stets auf ihrem Kopfe. Endlich sahen sich ihre Geschwister genöthiget, sich bey ihren Aeltern darüber zu beklagen. Diese verwiesen sie in einen entfernten Winkel des Hauses, wo ihr alle ihre Spielsachen mit gegeben wurden, sie aber keines von ihren Brüdern und Schwestern sehen durfte. Anfangs gefiel sie sich in der Vorstellung, daß ihr Niemand nun mehr widersprechen würde. Allein, es wurde nicht lange, so ward ihr ihre eigne Gesellschaft zur größten Last. Sie flehte also zu ihren Aeltern so lange, bis diese sich bewegen ließen, sie wieder von der Kinderstube Besitz nehmen zu lassen, wo sie sich von Stund an bemühte, gegen ihre Geschwister eben so gefällig zu seyn, als es diese gegen sie waren.“

Mad. Sutton.

Du siehst doch, liebes Kind, die Lehre ein, die darinne liegt? Künftig wollen wir

etwas

etwas längers lesen, und dann will ich auch mit dir und beinen Schwestern etwas zu arbeiten vornehmen. Heute aber habe ich noch verschiedenes vor. Geh also mit deinem Bruder in Garten: wie du dir da die Zeit vertreiben sollst, darf ich dir wohl nicht sagen = = = (Sie will geschwind fort.) Nun, wohin so schnell, mein Kind? Du bist doch nicht böse auf mich?

Miß Karoline.

Nein, liebe Mama! nein, ich habe Sie recht lieb. Aber ich muß zu meinem Püppchen.

Mad. Sutton.

Nun, so mache mir zuvor ein artiges Kompliment, und von dir, Wilhelm, erhalte ich doch auch eine kleine Verbeugung?

Die Kinder gehen ab.

Mad. Sutton allein.

So weit gieng es gut. Karl sieht mich schon für seine beste Freundin an, und Ka-

D 3

roline

roline hat, wie ich merke, ein so weiches Herz, wie ihre Mutter: sie wird also auch leicht jeden guten Eindruck annehmen. Wilhelm scheint viel Lehrbegierde zu haben, und ich hoffe, mit dem weit zu kommen. Das schwerste Geschäft ist mit den Großen. Ich darfs kaum wagen, sie durch einen Bedienten rufen zu lassen: sie möchten mir es gerade zu abschlagen. Ich will zu den Kindern in Garten gehen, und die Millerin zu ihnen schicken, die so vorsichtig ist, daß sie sie nicht beleidigen wird.

Geht ab.

Der Schauplatz verändert sich in der ältern Töchter ihr Zimmer.

Miß Henriette, Miß Fanny.

Miß Henriette.

Unsere Frau Mama wird in großem Grimm seyn, wenn sie hören wird, daß wir auf unserer Stube gefrühstückt haben:

da

da aber der Papa nicht zu Hause, so hätte
mich kein Mensch hinunter gebracht.

Miß Fanny.

Bald fängt mir an Angst zu werden:
denn es wird ein feines Lärmen geben, und
wäre mirs nicht um dich — bald sollte sie
mich dauern: denn in der That ertrug sie
uns doch gestern Abends mit vieler Gelaß-
senheit, wenn ich denke, wie wir ihr mit
spielten.

Miß Henriette.

Mit Gelassenheit? Glaube mir, Fanny,
lauter List! Das thut sie blos, damit der
Papa wunder denken soll, was er für eine
fromme Frau, und für ungezogene Töchter
hat. — Mach' inzwischen, wie dirs beliebt. Willst du deiner Stiefmutter Hät-
schelkalb seyn, so laß deine arme Schwester
in Stiche, und sie allein ihre Ungnade fühlen. Mich soll sie wenigstens nicht unter ihr
Joch bringen.

D 4

Miß

Miß Fanny.

Warum nicht, . dich in Stiche laſſen? das fällt mir nicht ein. Ich gehe, wohin dü mich führeſt: nur laſſe uns nicht zu weit gehen! denn wir möchten unſere Sache dadurch ſchlimmer machen. O daß doch nicht durch Geſetze den Männern verboten iſt, zum zweytenmale zu heurathen!

Miß Henriette.

Freylich wär das klug. In ein paar Jahren ſäß ich am Tiſche oben an, und hätte im Hauſe allen Leuten zu befehlen, da ich mir nun wieder einen Laufzaum anlegen, und mich eine Stiefmutter muß leiten laſſen, wie es ihr einfällt.

Miß Fanny.

Du ſtellſt dir das Ding auch weit ſchlimmer vor, als es vielleicht ſeyn wird. Beruhige dich doch!

Miß

Miß Henriette.

Ja doch, mich beruhigen. Sage mir dafür, wie ich die verhaßte Stiefmutter recht quälen soll! » » » Ah, hier ist die schöne Wachspuppe, die sie der Karoline mitgebracht hat. Ich will sie mit Füßen treten, und zum Fenster hinauswerfen, wie ich die Geberin hinauswerfen möchte, wenn ich dürfte.

Miß Fanny.

Wirklich, Henriette, du erschreckst mich ganz. So ungestüm habe ich dich noch mein Lebelang nicht gesehen. Es wird dich gewiß noch reuen. Es ist ja genug, daß uns die Stiefmutter quält, du mußt dich nicht noch selbst quälen.

Miß Henriette bricht in Thränen aus.

Die Vorigen. Millerin.

Millerin.

Meine Frau läßt sich die Ehre Ihrer Gesellschaft ausbitten, Mesdesmoiselles!

Der

Der Papa ist mit Monsieur Eduarden und Georgen ausgegangen: das kleine Völkchen spielt im Garten; sie ist also ganz allein = = Aber, was fehlt Ihnen, Miß Henriette? Sind Sie nicht wohl?

Miß Fanny.

Aufrichtig zu gestehen, Frau Millerin, so macht uns die Heurath unsers Vaters so traurig.

Millerin.

Ich erstaune darüber, Miß. Ihre Stiefmama ist die vortrefflichste Frau von der Welt. Wenn Sie die Liebe und Hochachtung kennen sollten, die sie sich durchgängig zu Clapham erworben, so würden Sie ganz anderer Meynung seyn. Es war eine allgemeine Klage, als sie fortgieng, und wahrhaftig rührend, die Armen zu sehen = =

Miß Henriette.

Nun! wird Sie bald mit ihrer Lobrede fertig seyn? Wenn sie ein wahres Gefühl

vom

vom Guten hätte, so würde sie nicht geheurathet haben, um eine ganze Familie unglücklich zu machen. Mit ihrem Eintritte
ins Haus hat sie das Oberste zu Unterst
gekehret, die Leute aus dem Dienste geschickt, den Töchtern widersprochen, die
wahrhaftig nicht gewohnt waren, sich widersprechen zu lassen = = =

Miß Fanny unterbricht sie.

Schwester! liebe Schwester, sey ruhig!
Geh mit mir hinunter, ich bitte dich: es
wird nicht so schlimm seyn, als du dir vor-
stellest.

Millerin.

Meine Absicht ist gewiß nicht, Sie zu
hintergehn: ich versichere Sie aber theuer,
daß Sie Madam Sutton gar nicht kennen.
Kommen Sie immer hinunter — ich bitte.

Miß Fanny.

Wir wollen gleich folgen, geh sie nur,
Frau Millerin.

Millerin geht ab.

Miß

Miß Henriette.

Du kannst ja gehn, Fanny! Ich aber gehe durchaus nicht.

Miß Fanny.

Warum willst du mich aber so kränken, Schwester?

Miß Henriette nach einer Pause.

Meinethalben. Vielleicht kann ich sie ein bischen martern und demüthigen — Komm!

Geht fort, Miß Fanny folgt.

Madam Suttons Zimmer.

Madam Sutton, an einem Nährahme. **Miß Henriette, Miß Fanny,** die hineintreten.

Mad. Sutton.

Guten Morgen, Kinder! setzen Sie sich. Ich schmeichelte mir, daß ich Ihre Gesellschaft beym Frühstücke haben würde; da ich aber hörte, daß Sie lieber auf Ihrem Zim-

mer

mer bleiben wollten, so vermuthete ich, daß Sie eine Arbeit vorhätten, und wollte Sie nicht unterbrechen.

Miß Fanny.

Wir hatten eben nichts besonders, glaubten aber, daß Ihnen ohne uns besser seyn würde.

Mad. Sutton.

Warum das, Miß Fanny? Habe ich Ihnen jemals eine Veranlassung zu diesem Verdachte gegeben? Ich wünsche nichts so sehr, als mit Ihnen in der genausten Verbindung und Eintracht zu leben.

Miß Henriette.

Haben Sie dergleichen irgendwo gesehen, wo eine Stiefmutter war?

Mad. Sutton.

Ja, liebe Miß Henriette, ich habe sie gesehen. Und hätte ich nicht gehofft, dergleichen zu finden, so würde ich gewiß nie eine Stiefmutter geworden seyn.

Miß

Miß Henriette.

So haben Sie sich denn sehr betrogen, Madam, und ich hätte wohl gewünschet, daß Sie mich Ihre Gesinnungen vor Ihrer Heurath mit unserm Vater wissen laßen; so hätte ich Ihnen die Nachricht geben können, daß Sie, wenigstens von meiner Seite, auf keinen großen Gehorsam rechnen können.

Miß Fanny.

Und eben so von mir. Wir sind zu groß, als daß wir eine unfreundliche Begegnung gelassen dulden werden.

Mad. Sutton.

Da Sie gewiß wissen, daß alle Ihre Freunde Ihrem Vater riethen, wieder zu heurathen; so hoffte er gewiß durch die Wahl meiner Person, Ihnen mehr Vergnügen, als Kummer zu machen. Ich habe mit meinem ersten Manne keine Kinder gehabt, und meine Absicht ist gar nicht, Ihre Geduld auf eine harte Probe zu setzen: aber

in

in Ansehung der meinigen, will ich die größte aushalten, ehe ich es dahin kommen lasse, daß ich mir eine unfreundliche Begegnung will zu Schulden kommen lassen. — Doch lassen Sie uns einen so unangenehmen Streit endigen. — Da ich Ihrem Papa versprochen hatte, daß ich ihm bey seiner Erziehung beystehen will, so erlauben Sie mir itzt, daß ich frage, wie weit Sie es in verschiedenen Zweigen derselben gebracht haben? Z. B. In dem Französischen – –

Miß Henriette hastig.

Also glauben Sie, Madam, daß unser Vater unsere Erziehung wird vernachläßiget haben? Wir haben eine Menge Lehrmeister, und brauchen hoffentlich keine Aufseherin.

Mad. Sutton.

Ihre Antwort, Henriette, ist gar nicht so gefällig, als ich sie von einem so artigen jungen Frauenzimmer erwartet hätte; die keiner Aufseherin nöthig zu haben glaubt.

Meine

Meine Absicht ist auch gar nicht, bey Ihnen eine Hofmeisterin abgeben zu wollen, sondern eine Freundin.

Miß Henriette.

Unsere Freundin? Wenn das wäre, warum heuratheten Sie denn unsern Vater?

Mad. Sutton.

Weil ich hoffte, daß Sie es nicht bedauren sollten. Doch lassen Sie uns diese Unterhaltung abbrechen. Machen Sie mir doch das Vergnügen, liebe Fanny, und spielen Sie mir etwas auf dem Klavier.

Miß Fanny.

Ich kann nicht spielen, wenn meine Schwester unzufrieden ist.

Mad. Sutton.

Ihre Liebe für einander ist lobenswürdig: aber daß Sie Ihre Schwester noch aufmuntern, eine Person, die Sie nicht beleidiget, zu kränken, ist wahrhaftig nicht edel gehandelt.

Miß

Miß Henriette.

Habe ich dirs nicht gesagt, Schwester, wie es uns gehen würde? Erst werden alle unsere Mägde fortgeschickt, und nun will man uns gegen einander aufhetzen.

Mad. Sutton.

Dieser Vorwurf ist zu grausam, als daß ich ihn verschmerzen kann. Ob ich gleich, als Frau vom Hause, ein unbezweifeltes Recht hätte, in Ansehung der Mägde zu thun, was ich für gut finde: so habe ich doch noch eine gegründetere Ursache, als bloß den Eigensinn oder eine tadelnswürdige Partheylichkeit für meine Leute gehabt, als ich sie fortschickte: und ich denke, Ihnen Rechenschaft davon zu geben, Henriette, so bald Sie mich ruhig werden anhören können. Wenn übrigens eine von der gegenwärtigen Bedienung etwas zum Nachtheile Ihres Vaters thut, oder Ihnen unbescheiden begegnet, so soll es unverzüglich fortgeschickt werden. Und damit Sie sehen, wie sehr ich Ihnen gefällig zu seyn wünsche, so werde ich keine an Mariens Stelle wieder miethen, die nicht Ihren und Ihrer Schwester Beyfall hat.

Miß Fanny.

Gut, wenn es wahr ist.

Mad. Sutton.

Wenn es wahr ist, Fanny? Ist das eine Sprache gegen ein gesittetes Frauenzimmer und Ihres Vaters Gattin? So war es nicht, daß mich Ihre gute selige Mutter behandelte. O meine Sophia! Hättest du wissen sollen, wie deine arme Freundin dafür gedemüthiget wird, daß sie deine sterbende Bitte erfüllte! Ists möglich, daß deine Töchter die liebenswürdige Aufrichtigkeit, die Sanftmuth, die sich in jeder Handlung deines Lebens, in jedem Worte, das du sprachst, äußerte, schon vergessen haben?

Miß

Miß Fanny fängt an zu weinen: es kömmt ein Bedienter und giebt Madam Sutton einen Brief.

Madam liest ihn, und sagt zu dem Bedienten.

Sag' er nur, der Ueberbringer solle ein wenig warten, und sogleich meine Antwort haben. ——

Bedienter geht ab.

Dieser Brief gewährt mir doch einigen Trost, darf ich Ihnen denselben vorlesen?

Miß Fanny weint fort.

Miß Henriette.

Was gehn uns Ihre Angelegenheiten an: ich habe itzt für mich genug zu sorgen, als daß ich auf gleichgültige Dinge hören kann.

Mad. Sutton.

Sie mögen mir zuhören oder nicht, so kann ich mir das Vergnügen nicht versagen, ihn zu lesen. Vielleicht wird doch Ihre Neugierde rege, wenn ich Ihnen sage, daß er von Ihren ältern Brüdern kömmt.

Miß

Miß Fanny trocknet ihre Thränen ab.

Von meinen Brüdern? Was können die wollen? — Ich will zuhören, Madam.

Miß Henriette steht verdrüßlich und stutzt.

Mad. Sutton.

Durch diesen Beweis Ihrer Gefälligkeit verbinden Sie mich. Hören Sie also die willkommenen Zeilen, die ich als Vorboten eines wiederkehrenden Friedens ansehe!

Madam Sutton liest.

»Verehrungswürdige und liebste
Mama,

»Wir schreiben in der Hoffnung, daß
»Sie uns vergeben werden. Herr Steady
»und der Papa haben uns überzeugt,
»daß unser Betragen sehr unanständig
»war. Wollen Sie also erlauben, daß
»wir, ehe wir wieder nach unsrer Schule
»zurückkehren, Ihre Verzeihung münd-
»lich erhalten, so werden wir Ihnen le-
»bens-

„benslang den Dank und die schuldige
„Ehrerbietung bezeigen, mit der wir
„sind

„Ihre

„gehorsamen Söhne,
„Eduard und George
„Sutton.

Mad. Sutton.

Ich will itzt nicht fragen, was Sie über
diesen Brief denken: denn der Ueberbringer
wartet auf Antwort. —

Sezt sich und schreibt. Nach Endi-
gung des Briefes steht sie auf.

Ehe ich ihn siegle, muß ich Ihnen denselben vorlesen: Sie werden aus dem In-
halte meine Gesinnungen gegen Sie alle
sehen. (Liest.)

„Meine lieben Söhne,

„Ihr Brief hat mir eine unaussprech-
„liche Freude gemacht, und ich sehe Ih-
„rer Ankunft mit Ihrem Papa, mit wah-

E 3 „rem

»rem Vergnügen entgegen.   Seyn Sie
»von meiner aufrichtigen Zärtlichkeit ver=
»sichert, und glauben Sie gewiß, daß
»mir nichts so sehr, als Ihre Glückselig=
»keit am Herzen liegt: diese auf alle
»Weise zu befördern, werde ich mir zur
»größten Pflicht und Freude machen, und
»immerdar seyn

»Ihre

»zärtliche Mutter,

»Sutton.«

Mad. Sutton.

Gott weiß, daß, was ich schrieb, mir
auch von Herzen geht.

Siegelt den Brief, zieht die Klingel
an. Es kömmt ein Bedienter, dem
sie den Brief übergiebt. So bald er
hinaus ist, steht Miß Fanny auf,
läuft in der heftigsten Bewegung auf
ihre Mama zu, wirft sich ihr zum
Füßen, verbirgt ihr Gesicht in ihren
Schooß, und bricht in lautes Schluch=
zen aus. Madam Sutton umarmt
sie auf das zärtlichste,

Stehen

Stehen Sie auf, mein liebstes Herz. Ihre Thränen sagen mir Alles, was ich zu wissen wünsche. Ersparen Sie sich das Geständniß eines Fehlers, der Ihnen Kummer macht, und in den Sie, da Sie sich dessen bewußt sind, nie wieder verfallen werden. Lassen Sie sich an mein Herz drücken, das ganz von wahrer mütterlicher Liebe für Sie glüht. Schenken Sie mir in Zukunft Ihr ganzes Vertrauen, und lassen Sie uns nur Ein Interesse haben!

Miß Fanny umarmt sie wieder.

O gewiß, liebste Mama! Von nun an will ich mich äußerst bestreben, Ihre Liebe zu verdienen.

Miß Henriette.

Ich erstaune ganz über das, was ich sehe und höre! Beynahe fehlt mir der Odem! Daß meine Brüder sich vom Papa und Herrn Steady haben überreden lassen, wundert mich eben nicht: aber daß du, Fanny...

In

In der That glaubte ich, daß du mich mehr
liebteſt, als mich ſo im Stiche zu laſſen!

> Indem ſie dieſe Worte ſagt, kömmt
> die kleine Karoline mit ihrer zerbro-
> chenen, und ganz in Stücken zer-
> riſſenen Wachspuppe, deren Kleider
> voller Schmuz um ſie verhängen.

Karolinchen mit lautem Geſchrey.

Meine Puppe! meine liebe ſchöne Puppe!
Sehn Sie einmal, meine beſte Mama, wie
meine ſchöne Puppe zugerichtet iſt — die böſe
Seele, die das gethan! Ihre Haube zer-
riſſen, ihr neſſeltuchenes Kleid in Stücken,
ihr ſeidner Rock beſchmutzt, was ſoll ich
anfangen? was ſoll ich thun?

Mad. Sutton.

Wo haſt du denn deine Puppe gelaſſen,
mein Kind? wo in dem Zuſtande gefunden?

Karolinchen.

O! ich habe ſie aufs Beſte beſorgt, und
in Jettchens Stube ganz ſanft auf einen
Stuhl zu Bette gelegt: denn ich dachte, ſie

würde

würde Achtung geben, daß ihr Niemand
was zu Leib thäte: aber Jette, warum hast
du denn meiner armen Puppe so mitspielen
lassen?

Miß Henriette scheint in großer Verlegenheit zu seyn.

Mad. Sutton.

Laß es gut seyn, mein liebes Karolinchen, und tröste dich über deinen Verlust!
ich will dir den Schaden ersetzen. Da du
für deine Puppe Sorge getragen, so will
ich dir wieder eine verschaffen, die eben so
hübsch ist: und deine Schwestern werden
dich hoffentlich lehren, wie du ihr Kleider
machen sollst.

Karolinchen.

Ach! gewiß giebt es keine solche hübsche
Puppe mehr! Sehen Sie nur ihr Gesichte
an! Die Nase in tausend Stücken, ein
Auge aus dem Kopfe! die schönen rothen
Lippen zerbrochen. O die liebe, liebe Puppe!

E 5 Wüßte

Wüßte ich nur, wer sie so zugerichtet hätte.
Kannst du mirs nicht sagen, Fanny? —
oder du, Jette?

Sie sind noch immer stumm, und sehen
einander von der Seite an.

Mad. Sutton.

Ihr Stillschweigen sollte mich fast auf
die Gedanken bringen, daß Sie darum wüß‑
ten. Zwar ist es an sich eine nichtsbedeu‑
tende Kleinigkeit: indessen ist doch die Ab‑
sicht davon strafbar; und da es dem armen
Kinde so weh thut, so muß ich den Thäter
wissen. Ich will nicht hoffen, daß eines
von dem Gesinde so niederträchtig gewesen,
so boshaft sie auch seyn mögen. Den Klei‑
nen ist noch weniger eine solche Bösartig‑
keit ohne alle Absicht zuzutrauen. — Wer
mag es also gewesen seyn?

Miß Fanny.

Ich bin überzeugt, liebe Mama, daß
die Person, die es gethan, es nie wieder

thun

thun wird. (Auf die Seite zu ihrer Schwester.) Gesteh es, Schwester: denn sollte es der Papa erfahren, so möchte dirs übel gehen.

Miß Henriette.

Ich that es doch gewiß nicht, Fanny, Karolinen zu kränken: sondern — du weißt — ich war in einem solchen Grimme — je nun, ich will ihr für mein eigen Geld eine wieder kaufen, und sie ihr auch anputzen; sie soll nur aufhören zu schreyen.

Karoline.

Häßliche Jette! Mir meine schöne Puppe zu zerbrechen? Mir würde es leid thun, wenn ich nur von dir etwas anrührte!

Mad. Sutton.

Täuschen mich meine Ohren, oder ists wahr, was ich höre? Sollte die Tochter meiner liebenswürdigen Freundin einer solchen Handlung fähig seyn, sich so vergessen, und in eine solche Wuth gerathen können, daß sie solche an ihrer kleinen Schwester

Puppe

Puppe ausließ? Nimmermehr; denn was
hätte sie so aufbringen können!

Miß Fanny auf die Seite zu ihrer
Schwester.

Wirklich, Jettchen, du thätest besser,
du gestündest deinen Fehler. Er würde dir
gewiß, so wie mir vergeben werden. O!
wenn du wüßtest, wie wohl mir ist, daß ich
mit der guten Frau ausgesöhnt bin.

Mad. Sutton.

Da ich wenig Hoffnung habe, daß Sie
eine Vorstellung von mir annehmen werden,
so muß ich die ganze Sache Ihrem Vater
überlassen. Sie ist mir zu ernsthaft, ob es
mir gleich sehr weh thut, da er sich gewiß
versprach, uns bey seiner Rückkunft ein-
trächtig und friedlich zu finden. Itzt will
ich mich gegenwärtig mit der Hoffnung beruhigen, daß, wann Sie eine Zeit lang auf
mein Betragen werden Achtung gegeben haben,

ben, Sie mir mehr Gerechtigkeit werden
wiederfahren laſſen.

Miß Fanny.

Liebſtes Jettchen, denke an unſern Papa,
der immer ein ſo liebreicher Vater für uns
geweſen. Erinnere dich ſeiner letzten Worte: „Rebelliſche Kinder kann ich unmöglich
lieben!‟

Miß Henriette.

Meinethalben, Fanny, ſo führe mich
zu ihr.

Sie gehen auf Mad. Sutton zu, die
liebreich von jeder eine Hand ergreift.

Mad. Sutton.

Dank Ihnen, liebenswürdige Fanny,
für Ihre freundſchaftliche Vermittlung!
Darf ich mir wohl ſchmeicheln, liebe Henriette, daß Ihr Herz nachgiebt? — Ja
gewiß, die Thräne, die ich itzt in Ihren
Augen ſehe, ſagt es mir. Laſſen Sie mich
ſie abtrocknen, und ſo Ihre Verzeihung be-
ſiegeln, ehe Sie noch dieſelbe mir abfodern.

Sie

Sie küßt sie. – Laffen Sie das Vergangene alles vergeffen feyn, und nun lauter Scenen des Friedens und der Eintracht um uns her blühen!

Miß Henriette, weinend.

In der That reuet mich mein voriges Betragen — Hätte ich fo viele Güte und Nachficht vorher gefehen — fo würde ich mich nicht zu einer folchen That haben verleiten laffen, deren ich mich itzt fchäme. Sagen Sie mir, Madam, wie ich meinen Fehler wieder gut machen foll!

Mad. Sutton.

Das überlaffe ich Ihrem guten Verstande. Uebrigens erwarte ich Ihren Papa mit Ihren Brüdern zur Mittagsmahlzeit. Vielleicht find Sie, meine Lieben, eher im Stande, fich zu faffen, wann Sie allein find. Es fteht alfo bey Ihnen, ob Sie fich auf Ihr Zimmer begeben wollen.

Sie machen eine Verbeugung und gehen ab.

Ende des zweyten Aufzuges.

Dritter

Dritter Aufzug.

Der Miß Henriette Zimmer.

Miß Henriette.   Miß Fanny.

Miß Henriette setzt sich und bricht in
eine heftige Thränenfluth aus.

Miß Fanny.

Ganz gewiß, liebste Schwester, wirst du
auf mich böse seyn, daß ich zum Nach=
geben so bereitwillig war.   Ich kann mir
aber nicht helfen — mein Herz empörte sich
wider mich selbst,   und wenn du ein wenig
nachdenkst, wirst du mir recht geben.

Miß Henriette.

Nichts weniger, als das, liebe Fanny.
O! daß ich nicht so viel Ursache hätte, auf
mich selbst böse zu seyn! Nie soll mich wie=
der Unwillen und Zorn so übereilen. Kaum
werde ich meinen kleinen Geschwistern so we=
nig, als unsern Leuten, ins Gesichte sehen
können.

können. Was muß man denken, wenn man Karolinchens Klagen über ihre Puppe hört — was von ihrer bösartigen Schwester denken? — Ach! ich bin so außer mir. Hole sie mir her, liebe Fanny; ich will sehen, wie ichs wieder bey ihr gut machen kann!

Miß Fanny.

Gut, ich will sie holen; suche dich nur zu beruhigen.

Miß Fanny geht ab.

Miß Henriette allein.

Wahrhaftig hätte ich lieber der härtesten Behandlung einer Stiefmutter ausgesetzt seyn wollen, als das zu erdulten, was ich vorhin erlitt. Bewußtseyn der Schuld — der größten Unverschämtheit, der man nichts als Liebe und Sanftmuth entgegen setzet — was kann demüthigender seyn! Die verwünschten Verhetzungen, und die dummen Vorurtheile, die ich mir in Kopf gesetzt hatte.

hatte. — O hätte man sie mit eben so viel
Trotz und Hitze beantwortet? Wie beschämt
steh ich nun vor mir selbst da! — Inzwischen — fühle ich mich doch itzt weniger
unglücklich, so unruhig ich auch bin. . . .
Ah, hier kömmt das arme liebe Mädchen,
das ich durch meine Bosheit so grausam
gekränkt habe. —

Miß Henriette, Fanny, Karoline.

Miß Henriette.

Komm, Karolinchen! Du bist wohl
recht böse auf mich? In der That bin ich
eine häßliche Schwester gewesen, ein recht
garstiges Mädchen: Ich verspreche dir aber,
nie deine Puppen wieder zu zerbrechen, und
so — gieb mir einen Kuß, und laß uns
wieder gute Freunde seyn.

Karolinchen.

Das will ich wohl: aber, wenn du
wieder einmal böse bist, so will ich dir ge-

Erster Band.   F   wiß

wiß nicht die neue Puppe, die mir die Mama geben will, hinsetzen. Verstecken will ich sie in tiefsten Winkel, und — auch keinem Menschen ein Wort davon sagen, damit du es nicht erfährst.

Miß Henriette.

Vor mir kannst du von nun an sicher seyn, und mir so zuversichtlich deine Geheimnisse anvertrauen, als ich dir verspreche, nie wieder böse zu seyn. Ich will dir so gar sagen, was ich thun will, meinen Fehler bey dir zu vergüten. Ich habe noch ein kleines allerliebstes Bettchen mit Vorhängen, und Matrazen, das ich in meinen Kinderjahren gemacht habe, und das will ich dir geben.

Karolinchen.

Ey, das thue doch, so werde ich dich wieder lieb haben — Ein Bettchen, sagst du? das wird recht hübsch seyn! da will ich

meine

meine neue Puppe hineinlegen, und sie auch nicht verstecken.

Miß Fanny.

Und ich, Karoline, will dir seidne Fleck= chen, und Nesseltuch und Flor zu Kleidern für deine neue Puppe geben: und Jettchen und ich wollen sie dir machen helfen.

Karolinchen.

Schön! Schön! So will ich itzt gehn und meine alte Puppe begraben. Wilhelm hat schon ein Grab für sie gemacht!

Geht ab.

Miß Henriette.

Wenn nur nicht der Papa mein schlech= tes Betragen erfährt! Ich würde mich zu Tode schämen, und wollte Alles in der Welt drum geben, daß es nicht geschehen wäre.

Miß Fanny.

Ich weiß gewiß, Schwester, daß, wenn er es je erfahren sollte, unsere Mutter (denn wirklich verdient sie den Namen) die Sache

nicht

nicht von der schlimmsten Seite vorstellen wird. Wir wollen also eine so heitere Miene annehmen, als nur möglich ist.

Miß Henriette.

Eine heitere Miene? Schwerlich werde ich das können! ich fühle mein Unrecht noch zu sehr — Uebrigens bin ich entschlossen, mich gegen unsere Mutter gut zu betragen. Es wird daher am besten seyn, wenn wir je eher, desto lieber zu ihr gehen.

Miß Fanny.

Ich glaube es selbst. Wenn wir freywillig kommen, so wird sie es mehr als ein Zeichen der Achtung aufnehmen müssen, als wenn man uns rufen muß. Hat sie zu thun, so können wir ja wieder fortgehen. —

Der.

Der Madam Sutton Zimmer.

Mad. Sutton, Karoline, Miß Henriette, Miß Fanny, nach einem Weilchen.

Karolinchen kömmt schnell gelaufen.

In der That, liebe Mama, Sie müssen auf Jettchen nicht mehr böse seyn, daß sie mir meine Puppe zerbrochen — Sie hat mir ein kleines niedliches Bette geschenkt, und will es nie wieder thun.

Mad. Sutton.

Ich habe ihr schon vergeben; doch du bist ein gutes Kind, daß du für sie bittest. Geh und sage ihr und der Fanny, daß ich mich freuen würde, sie bey mir zu sehen — O! da kommen sie von selbst.

Miß Henriette und Miß Fanny treten hinein.

Karoline.

O alles ist gut, Jettchen! — Nun will ich gehn und wieder spielen.

Geht ab.

F 3

Mad.

Mad. Sutton.

Sie machen mir durch Ihre Gegenwart ein wahres Vergnügen, liebsten Kinder! Eben wollte ich einen kleinen Boten an Sie abschicken, und Sie um diese Gewogenheit bitten lassen, ehe ihr Papa käme. Dieser freywillige Besuch schmeichelt aber meinen Wünschen um so vielmehr.

Miß Fanny.

Und ich versichere Sie, Mama, daß Henriette auf eigenen Antrieb kömmt, und es war mir um so viel angenehmer, da es mein ganzer Wunsch war.

Mad. Sutton.

Sie entzücken mich! O daß wir immer so zusammen leben mögen! — Ich erinnere mich, Miß Henriette, daß Sie sonst viel Geschmack an Stickerey fanden: wollen Sie mir wohl Ihre Gedanken über ein Stück sagen, das ich nur erst fertig gemacht habe?

Sie zeigt ihr eine Stickerey.

Miß

Miß Henriette.

Vortrefflich! Diese Blumen sind so natürlich, als wenn sie auf dem Stocke blüheten, und — wie reizend ist diese mit Kränzen behangene Vase! Nie werde ich es Ihnen gleich thun.

Mad. Sutton.

Ich würde mich freuen, wenn Sie einen kleinen Unterricht, so viel ich vermag, von mir annehmen wollten: ich habe alle Materialien darzu bey der Hand, und Sie könnten, wenn es Ihnen gefällig wäre, ein Nebenstück dazu anfangen. Darf ich Ihnen dieß indessen, als einen Beweis meiner Freundschaft anbieten?

Miß Henriette.

Ich nehme es mit dem innigsten Danke, so wie Ihr gütiges Anerbieten, mich unterrichten zu wollen, an.

 Mad.

Mad. Sutton.

Wie ich nicht anders weiß, liebe Fanny,
lesen Sie gern. Ich habe etliche neue Bü-
cherchen mitgebracht, denen Sie hoffentlich
eine Stelle in Ihrer Bibliothek vergönnen
werden.

Miß Fanny.

Sie sind sehr gütig, liebe Mama. Ich
bin seit einiger Zeit in meinem Lesen sehr
zurückgeblieben. Der Papa hat bey seinen
Geschäften nicht daran gedacht, mir neue
zu kaufen, und die alten habe ich so oft gelesen, daß sie mir zum Ekel wurden.

Mad. Sutton.

Ich werde dafür sorgen, daß es Ihnen
künftig nie daran fehle. — Lesen Sie französisch, lieben Kinder?

Miß Henriette.

Wir haben einen französischen Lehrmeister, der uns in der Grammatik unterrichtet, und schreiben und übersetzen leiblich
genug,

genug: nur auf das Reden dürfen wir uns nicht einlaſſen.

Miß Fanny.

Kein Wunder, Schweſter: denn wir hatten uns vorgeſetzt, in Abweſenheit unſers Sprachmeiſters nicht ein Wort zuſammen franzöſiſch zu ſprechen.

Mad. Sutton.

Es wäre auch wenig dabey gewonnen worden: vielleicht kann ich es Ihnen aber angenehmer und leichter machen. Ich bin beynahe zwey Jahre in Paris geweſen — Es iſt aber kein kleiner Vorzug, wenn man ſich mit den Fremden in ihrer eignen Sprache unterhalten, oder ihre beſten Bücher leſen kann.

Miß Henriette.

So bald ich Jemanden habe, der mir meine Fehler zeigen kann, ſo will ich auch ſchwatzen: aber ins Gelag hineinzuplaudern, ſcheint mir lächerlich.

 Mad.

Mad. Sutton.

Haben Sie auch einen Musikmeister, liebsten Kinder? Ich erinnere mich, als Sie noch sehr klein waren, daß Sie recht artig sangen. Sind Sie so fortgegangen, wie ich vermuthe; so werden wir dann und wann ein kleines Konzert halten können. Ohne Zweifel haben Sie unter Ihren Freunden welche, die spielen? Herr Alderly spielte damals sehr gut: hat er noch bey Ihnen den Zutritt?

Miß Fanny.

Ja, Madam. Wir müssen wieder mehr Zeit darauf wenden, als bisher geschehen ist, sonst wird es einen traurigen Mißklang geben. Unser Musikmeister ist noch so altväterisch, daß wir immer noch die alten Stückchen leyern; und darüber wird man endlich verdrüßlich.

Mad.

Mad. Sutton.

Ich will Ihnen schon Veränderungen verschaffen, und wir wollen diesen Abend eine Probe machen.

Miß Henriette.

Ich will wenigstens mein Möglichstes dabey thun; aber ich fürchte, es wird abscheulich klingen.

Mad. Sutton.

O! Sie werden mich nur überraschen wollen: doch dem sey, wie ihm wolle, so wird es mir allezeit ein Vergnügen machen. — Wie oft besucht Sie Ihr Tanzmeister.

Miß Fanny.

Gegenwärtig haben wir keinen. Der Papa wollte uns nicht zu tanzen erlauben, so lange wir um die Mama trauerten. Doch hat er uns versprochen, ihn wieder anzunehmen.

Mad.

Mad. Sutton.

Ich werde ihn daran erinnern. Das Tanzen, wenn es mäßig gebraucht wird, ist in Absicht auf die Gesundheit, und dann auch auf den äußerlichen Anstand, von großem Nutzen, und ich denke, ein kleiner Ball wird Ihnen bisweilen zu großem Vergnügen gereichen: mir scheinen wenigstens solche Privatparthien weit unterhaltender, als öffentliche, große Versammlungen.

Miß Henriette.

Ich bin bey dergleichen nie gewesen. Die Mama glaubte, wir wären noch zu jung, und beym Papa ist nicht wieder daran gedacht worden.

Miß Fanny.

Ich liebe das Tanzen für mein Leben, und wir kennen so viel junge Frauenzimmer und junge Herren, daß wir mit leichter Mühe ein acht bis neun Paar zusammen bringen können.

Mad.

Mad. Sutton.

Nun, meine Lieben; so bald meine Ceremonienbesuche vorbey sind, und ich Sie
bey meinen Freunden eingeführet habe, wollen wir einmal so etwas veranstalten. Ich
hoffe doch, Sie werden meine Gesellschaften
mit annehmen, und mich auch bey meinen
Besuchen begleiten?

Miß Henriette.

Ganz gewiß, Madam, wenn Sie es
erlauben.

Mad. Sutton.

Ich werde mich glücklich schätzen, wenn
Sie, liebste Kinder, an meinen kleinen Ergötzlichkeiten Theil nehmen wollen.

Miß Fanny.

Wir haben eine sehr angenehme Nachbarschaft um uns her, und da Sie die Gesellschaft lieben, wird uns die Zeit nie lang
werden.

Mad.

Mad. Sutton.

Das denke ich auch nicht: wenigstens gebe ich Ihnen mein Wort, daß ich jede unschuldige Freude nach Möglichkeit befördern werde. Inzwischen, liebsten Kinder, da ich die Ordnung liebe, so werden Sie mir erlauben, daß ich Ihnen einen kleinen Plan von der Eintheilung unserer Zeit vorlege. Früh aufzustehen scheint mir eine Sache von großer Wichtigkeit: denn ohne dieß bleibt man den ganzen Tag über zurück. Immer bin ich gewohnt gewesen, ein gemeinschaftlich Morgengebet zu halten. Läßt es dann die Witterung zu, so können wir vor dem Frühstücke noch ein Stündchen spazieren gehn. Um acht Uhr wünsche ich, daß die ganze Familie beysammen wäre, und, so bald das Frühstück vorbey ist, werde ich für die häuslichen Einrichtungen sorgen. Mittlerweile werden Sie sich mit Ihren Lehrmeistern

meiſtern beſchäftigen, und um zehn Uhr bin ich wieder zu Ihren Dienſten.

Miß Fanny.

Ich werde mir alle Ihre Veranſtaltungen zur Pflicht machen, liebe Mama: und ich bin überzeugt, meine Schweſter wird daſſelbe thun.

Miß Henriette.

Ganz ſicher, und ich hoffe, daß ich meiner theuerſten Mama durch keinen Rückfall zu einer Klage Anlaß geben will.

Mad. Sutton.

Und ich gebe Ihnen mein Wort, daß Ihnen, meine lieben Mädchen, Ihre Gefälligkeit ſo viel Freude gewähren ſoll, als ſie mir immermehr verſchaffen wird. Sie werden ſehen, daß ich auf keine Weiſe geſonnen bin, Sie bloß auf Ihre Stunden und Arbeiten einzuſchränken. Außer den bereits gemeldeten Vergnügungen wird es Ihnen ganz frey ſtehen, Ihre jungen Freundinnen

binnen zu besuchen, und Besuche von ihnen
anzunehmen, so bald Sie den Beyfall Ihres
Vaters haben. — Apropos, spielen Sie
in der Karte?

Miß Fanny.

Unsere selige Mama hatte einen solchen
Abscheu davor, daß sie uns nie eine anzu-
rühren erlaubte. Nach ihrem Tode hat es
uns der Papa gänzlich untersagt.

Miß Henriette.

Ich muß inzwischen gestehen, daß wir
nicht hierinne vollkommen gehorsam gewesen: denn unsere Aufwartemädchen steckten
uns immer Karten zu, und zu meiner Schan-
de muß ich sagen, daß wir bisweilen Parthie mit ihnen machten.

Mad. Sutton.

Da Sie nun das Unschickliche davon
selbst fühlen, so brauche ich Ihnen wohl
meine Gedanken darüber nicht zu eröffnen.
Doch aber wage ich es, Sie zu bitten,

daß

daß Sie sich nicht mit schlecht erzogenen Leuten in einige Vertraulichkeit einlaffen, am wenigften mit Ihrem Gefinde. Dieß kann Ihnen nachtheiliger feyn, als Sie vielleicht glauben.

Miß Fanny.

Wir haben es leider! zu unferm Schaden nur zu fehr erfahren, als daß wir uns wieder der Gefahr ausfetzen follten.: verlaffen Sie sich drauf, daß wir fie gewiß nunmehr von uns entfernt halten wollen.

Mad. Sutton.

Sehr gut; nur hüten Sie sich, meine Lieben, daß Sie nicht in den entgegengefetzten Fehler, den Stolz verfallen. Begegnen Sie Ihren Dienftboten allezeit höflich und liebreich: denn das können diefe mit Recht fobern.

Miß Henriette.

Sie waren so gütig und fagten, Sie würden an Mariens Stelle keine Perfon miethen,

then, ohne uns darüber zu Rathe zu ziehen: dürfen wir es wohl wagen, Ihnen ein Mädchen vorzuschlagen, die gewiß Ihren Beyfall haben wird? Sie ist die Tochter eines sehr würdigen Mannes, den vor kurzem unerwartete Unglücksfälle betroffen haben, so daß das arme Mädchen, die die beste Erziehung gehabt, genöthiget ist, in Dienste zu gehen.

Mad. Sutton.

Ohne Bedenken. Ihre Empfehlung, meine Lieben, ist mir genug.— Noch bitte ich Sie in einer andern Sache um Ihren Beystand. Diese betrift die Gegenstände der Wohlthätigkeit: Personen, die Ihre gute selige Mama unterstützt hat, werden auch gewiß noch itzt Ihr Mitleiden verdienen; und wie gern werde ich mich mit Ihnen zu solchen Handlungen vereinigen!

Miß

Miß Fanny.

Wir sind gegenwärtig mit den Verhält-
nissen der Armen nicht so bekannt, als zur
Zeit, da die Mama noch lebte: werden aber
gewiß uns darum bekümmern. Der Papa
war so niedergeschlagen, daß er wenig Gesellschaft sah, und unsre Leute wiesen solche
Klagen von Nothleidenden unter dem Vorwande ab, daß sie ihn nur noch schwermü-
thiger machen würden.

Mad. Sutton.

Die hartherzigen Menschen! Gewiß ge-
schah es aus bloßem Eigennuß. Doch der
Sache soll bald abgeholfen werden. Die
Personen, die ich in Dienste genommen,
sind lauter gute Geschöpfe, und ich hoffe,
wir wollen bald die vergeßnen Armen wieder ausfündig machen, und ihnen nach unserm Vermögen wohlthun.

 Miß

Miß Henriette, indem sie sich nach dem
Fenster wendet.

(In großer Unruhe.) Himmel, Fanny! Ich
sehe den Papa mit meinen Brüdern an der
Thüre! — O verbergen Sie mich, liebste
Mutter! — Was würde er sagen, wenn
er von meiner Grausamkeit gegen die arme
Karoline, und meinem unartigen Betragen
gegen Sie hören sollte!

Mad. Sutton.

Beruhigen Sie sich, meine Liebe. Diese
Sache hat sich so sehr zu Ihrem Vortheile
geendiget, daß, wenn er das Ganze davon
hören sollte, er Ihr Betragen mehr loben,
als verdammen wird. Es hat in Ansehung
meiner auch so glückliche Wirkungen her-
vorgebracht, indem ich dadurch ein Werk-
zeug geworden, Ihnen Ihre Vorurtheile zu
benehmen, daß ich, so bald es die Gelegenheit erfodert, die Sache gewiß von der besten Seite vorstellen werde. Da aber Karoline

roline befriediget ift, wird sie hoffentlich
nicht weiter erwähnet werden.

**Die Vorigen. Herr Sutton mit seinen
beyden ältern Söhnen, Eduard und
George.**

Herr Sutton.

Ich bringe Ihnen hier, meine liebste
Freundin, ein paar gute Söhne. Sie bereuen ihren Fehler, und da sie Ihre gütige
Vergebung in Ihrem Briefe erhalten, so
bitten sie nunmehr um Ihre Gewogenheit.

Mad. Sutton.

Ich hoffe Ihnen, liebsten Kinder, gewiß Beweise davon zu geben. Glücklich,
wenn ich dazu eben so viel Gelegenheit haben
werde, als Sie dieselben durch Ihre Zärtlichkeit gegen mich verdienen werden.—

Die Knaben schlagen beschämt die Augen
zur Erde, und antworten nicht.

Doch wir wollen nicht von einer abge-
thanen verdrüßlichen Sache mehr reden.

 Nichts

Nichts als Ihre, mein theurer Sutton,
und Ihrer Söhne Gesellschaft fehlte noch
zu meinem Glücke. Geben Sie mir einen
Versöhnungskuß, meine lieben Kinder, und
dann unterhalten Sie sich mit Ihren Schwestern. (Sie küßt die Knaben.)

Herr Sutton.

Ich sehe mit einem unbeschreiblichen
Vergnügen eine große Veränderung in den
Gesichtern meiner Mädchen.

Mad. Sutton.

Wecken Sie keine unangenehmen Erin-
nerungen wieder auf, bester Freund: die
jungen Frauenzimmer und ich, wir sind
vollkommen einig, und künftig soll, wie ich
zuversichtlich hoffe, nichts, als Liebe und
Harmonie unter uns seyn.

Herr Sutton.

Kommt in meine Arme, lieben Kinder!
Laßt mich euch an mein Herz drücken, und
euch den Segen eines glücklichen Vaters ertheilen!

theilen! O! wüßten Kinder, wie sehr es in ihrer Gewalt steht, ihre Aeltern durch ein pflichtmäßiges Betragen glücklich machen: was für angstvolle Wunden sie ihnen aber durch Ungehorsam und Hartnäckigkeit verursachen; so würden sie gewiß auf jenes äußerst aufmerksam seyn.

> Indem er zu ihnen spricht, umfassen Henriette und Fanny seine Knie; er umarmt sie, und Henriette bricht in Thränen aus.

Herr Sutton.

Was ist das? wie soll ich diese Thränen deuten?

Mad. Sutton.

Es sind Zeichen einer aufrichtigen Reue über Fehler, die man völlig abgelegt hat: Beweise eines erweichten Herzens, und Verheißungen einer immerwährenden Eintracht.

Miß Henriette.

Wie gütig sind Sie, meine liebste Mama! — Nein ich werde nicht eher ruhig

werden,

werden, als bis der Papa weiß, was ich mich ihm selbst zu sagen schäme.

Mad. Sutton.

So bald es die Gelegenheit giebt, liebe Henriette—— Jetzt wollen wir die Sache fahren lassen.

Miß Fanny.

Jetzt, lieber Papa, lassen Sie uns Ihnen auf das lebhafteste danken, daß Sie diese gute Dame geheurathet haben. Ich weiß sicher, daß wir den Tag segnen werden, da Sie uns dieselbe zur Mutter gegeben.

Herr Sutton.

Diese Sprache, Fanny, ist deiner werth.

Miß Henriette.

Ich habe noch weit mehr Ursache, Ihnen für diese Wahl verbindlich zu seyn, als es selbst meine Schwester ist: denn ich hatte eine liebreiche Freundin und edelmüthige Rathgeberin mehr noch, als sie, vonnöthen.

Herr

Herr Sutton.

Diese, ich bin es überzeugt, wirst du sicher in ihr finden. — Aber wo sind meine Kleinen?

Mad. Sutton.

Sie sind in einem unschuldigen Spiele begriffen — (Zu Eduard und Georgen) wollen Sie sie holen, lieben Freunde?

Eduard und George gehen ab.

Mad. Sutton.

Darf ich mir itzt die Abwesenheit dieser jungen Leute zu Nutze machen, und Sie bitten, mein Liebster, daß Sie Ihnen die Erlaubniß geben, ein bis zwey Tage hier zu bleiben, ehe sie wieder in ihre Schule zurück gehen. Ich wollte es nicht in Ihrer Gegenwart thun, weil es Ihnen nicht angenehm hätte seyn mögen, oder eine Verweigerung sie würde gekränkt haben.

Mad.

Mad. Sutton.

Sie sind in Allem die Güte selbst. —
Weit gefehlt, daß ich dieß verweigern sollte,
so behielt ich sie lieber gar zu Hause, und
gäbe ihnen hier eine Privaterziehung. Herr
Steady und ich haben sie in Wissenschaften
ein wenig geprüft, und wir finden sie noch
sehr zurück. Ueberdieß sind sie so abscheulich blöde in Gesellschaft, und dann wieder
unter sich und ihres gleichen bey ihren
Spielen so plump, daß ich für ihre Sitten
fürchte. Für mich würde es ein Vergnügen
seyn, wenn ich zugleich über ihre Erziehung
wachen könnte: denn was kann ein Vater
wichtigers thun, als der Welt in seinen
Kindern gute Bürger geben? Nur fürchte
ich, daß dieß Ihnen zu lästig seyn würde.

Mad. Sutton.

Mir lästig? Ich kenne keinen größern
Wunsch, und hätte Ihnen gewiß den Vor-
schlag noch selbst gethan: denn die Nachbarschaft

barschaft von London setzt uns in Stand,
ihnen die besten Lehrmeister in jedem Fache
zu geben, die uns bey ihrer Erziehung unterstützen können.

**Die Vorigen. Eduard und George
mit Wilhelm und Karln.**

Die Kleinen laufen auf Mad. Sutton zu.

Wilhelm.

O Mama, ich habe so viel gekegelt, daß
ich ganz müde bin! Aber, was soll ich nun
machen?

Mad. Sutton.

Es wird sich schon Etwas für dich finden, lieber Wilhelm: aber gehe itzt zu deinem guten Papa.

Wilhelm.

Papa, schöner Papa! wo bist du denn
gewesen? Meine neue Mama lehrt mich lesen.

Herr Sutton.

So! und findest du das nicht recht gütig von ihr?

Wilhelm.

Wilhelm.

Ey wohl: ich bin auch itzt ein recht gutes Kind, fragen Sie nur!

Herr Sutton.

So gieb mir einen Kuß.

Karl.

Ich habe ein Rad an meinem Stuhl abgebrochen, flicke mirs doch wieder, liebe Mama!

Mad. Sutton.

Das kann ich zwar nicht, Karlchen: aber gieb mir es nur; wir wollen ihm schon auf eine oder die andere Art abhelfen. — Aber siehst du denn deinen besten Vater nicht?

Karl.

O ja! küsse mich, lieber Papa, ich habe dich auch lieb. — Wo hast du denn mein Kästchen mit den Buchstaben, daß ich es dem Papa weisen kann?

Mad.

Mad. Sutton.

Hier, mein Kind! Bringe mir es aber
ja wieder, daß nichts daraus verloren geht.

Sie giebt es ihm.

Karl.

Nun, sieh her, Papa! ich kenne schon
welche, und will dir sie zeigen.

Herr Sutton.

Jetzt nicht, Karlchen, aber Morgen —
Ich sehe, deine Geschwister haben mir auch
noch mancherley zu sagen. Nicht wahr, Karolinchen?

Karoline *stockend.*

O ja, hier habe ich ein hübsches kleines
Buch — Ich hatte auch eine recht schöne
Puppe, aber die . . . nein, nein, Jettchen,
ich sage dem Papa nichts.

Mad. Sutton.

Nein, mein Kind, man muß nicht Alles wieder erzählen. Ich habe dir eine neue
versprochen, und die wird mit nächsten an-
kommen.

Herr

Herr Sutton.

Ich sehe, meine Liebe, Sie haben sich meine kurze Abwesenheit gut zu Nutze gemacht.

Mad. Sutton.

Wohl mir, wenn Sie das glauben. Aber, meine lieben Söhne hier haben noch nicht ein Wort zu mir gesprochen. (Zu Herrn Sutton.) Darf ich ihnen wohl sagen, daß Sie mir die Erlaubniß gegeben, ein oder zween Tage zu Hause zu bleiben? Ich möchte wohl wissen, ob der kleine papierne Drache, den ich für sie gekauft, gut fliegt, und wie die Rackets mit den Federbällen beschaffen sind.

Eduard.

Ich danke Ihnen, Madam, und werde mich bestreben, ein guter Sohn zu seyn.

George zu Henrietten.

Sage ihr doch, Schwester, daß ich es auch seyn will.

Henriette.

Henriette.

Sage es doch für dich selbst. — Er ist so blöde, Mama, daß er sich schämt, Ihnen zu sagen, daß er Ihr guter Sohn seyn will!

Mad. Sutton.

Ich bin schon mit Ihrem Versprechen zufrieden. Aber er muß mir selbst sagen, ob er mich ein bischen lieb haben kann?

George.

Ja, Madam.

Mad. Sutton.

So hoffe ich, mein guter George wird auch kein Bedenken haben, die Schule ganz zu verlassen, nach Hause zu kommen, und bey seinem Papa, seinen Schwestern und Brüdern und mir zu wohnen? Frage Er doch seinen Bruder, was Er dazu sagt?

Eduard.

Hast du Lust, wieder nach Hause zu ziehen, George?

George.

George.

O gern, sehr gern.

> Die jungen Leute bezeigen eine große
> Freude, hüpfen im Zimmer umher,
> und laufen auf ihre Schwestern zu.

Eduard.

Hört Ihr es, Schwestern, wir gehen
nicht wieder in die Schule!

Herr Sutton.

Nein, Ihr sollt zwar nicht dahin wieder
zurückkehren: aber doch deswegen nicht
müßig gehen, und umher schwärmen; sondern hier auch fleißig seyn: dann wirds zu
spielen genug geben.

George.

Wo ist der Drache, die Rackets und
die Bälle?

Mad. Sutton.

Alles nach und nach! Vielleicht eßt Ihr
itzt lieber Etwas. Nicht wahr? die Zeit wird
euch bis zur Mittagsmahlzeit lang werden?

Herr

Herr Sutton.

Nein, nein. Ihre Freundin, Madam Steaby hat für uns alle gesorgt; eine gute Tasse Ciocolate für mich und ein Stück Rosinenkuchen für sie, hat unsern Mägen sehr wohl gethan. — Wäre es aber auch nicht, so würde das Fest der Liebe, das Sie mir mittlerweile zu Hause zubereitet haben, mich an keinen Hunger denken lassen.

Mad. Sutton.

Dem ungeachtet hoffe ich, Sie eine gute Mahlzeit thun zu sehen.

Herr Sutton.

O ganz gewiß; ich werde mich heute mit dem Herz gefühlten Entzücken zur Tafel setzen, das einen Geschmack für alle irrdische Glückseligkeiten gewährt. — Möchte doch die Geschichte dieses Tages zum Besten der Welt aufgezeichnet werden! Dann würden die Stiefmütter lernen können, daß der Weg, die Liebe der ihnen zugebrachten Kinder zu gewinnen,

Erster Band.   H   kein

kein anderer, als Geduld und Sanftmuth ist.
Dann würden Kinder, die ihre wahren Mütter verloren haben, lernen, daß auf ihrer
Seite das Mittel, derjenigen Liebe zu gewinnen, die ihren Verlust ersetzen, eine pflicht-
volle Unterwerfung und eine gefällige Ergebenheit ist - - Doch die Speiseglocke schlägt.
Kommen Sie, mein liebster Schatz, und lassen mich Sie heute an die Spitze meiner Tafel setzen, von meinen Oelzweigen umringt.
Sehen Sie sie, als Ihnen von der Hand
Ihrer sterbenden Freundin eingepfropft, an.
— Nähren Sie Ihre aufkeimenden Tugenden durch Ihren liebreichen Unterricht:
kurz, seyn Sie für sie eine Mutter, so wie
sie für Sie Kinder seyn mögen.

Ende.

Die

Die
gute Stieftochter

ein Schauspiel

in

drey Aufzügen.

Spielende Personen.

Herr Loveleß.

Madam Loveleß.

Madam Groves, ein Frauenzimmer, das
    eine Penſion hält.

Miß Tate, eine Lehrerin in der Penſion.

Miß Loveleß, 14 Jahr alt.

Miß Blomberg, 15

Miß Rawlins, 15

Miß Gower, 14

Frau Hempelin, Haushälterin beym Herrn
    Loveleß.

Bediente und andere Nebenperſonen.

Die
gute Stieftochter

ein Schauspiel
in drey Aufzügen,

Erster Aufzug.

Ein Zimmer in der Mad. Groves Hause.

Madam Groves, die an einem Nährahmen sitzt: Miß Tate tritt hinein.

Madam Groves.

Ich ließ Sie rufen, Miß, um Ih=
nen eine Nachricht mitzutheilen, die
mich unruhig macht. Den Augenblick er=
halte ich einen Brief vom Herrn Loveleß,
worinne er mir meldet, daß er sich seit Ei=
nem Monate verheurathet, seine neue Ge=

 malin

malin nun in sein Haus gebracht hat, und seine Haushälterin schicken will, seine Tochter abzuholen, um sie ihrer neuen Mutter vorzustellen.

Miß Tate.

Die Nachricht thut mir weh, Madam, und ich wundere mich darüber.

Mad. Groves.

Vermuthlich hat ihn der Reichthum zu dieser zwoten Heurath verführet, da sie die Wittwe eines reichen Mannes ist. — Wie sehr bedaure ich das liebe Mädchen, meinen Zögling, wenn ihre Mutter, verblendet von ihren Reichthümern, und dem Glanz um sie her, keinen Geschmack an einer unschuldigen edlen Einfalt, und einem bescheidenen Werthe finden sollte.

Miß Tate.

Lassen Sie uns das Beste hoffen! Ich bin selbst ein Beweis, daß man bey einer

Stief

Stiefmutter glücklich seyn könne: darf ich ihren Namen wissen?

Mad. Groves.

Sie ist unter dem Namen der galanten Wittwe Blomberg bekannt gewesen: das ist Alles, was ich von ihr weiß.

Miß Tate.

O! so kenne ich sie, und die Nachricht macht mir eben keine große Freude, so wie sie keine tröstliche Aussicht dem süßen lieben Mädchen öffnet.

Mad. Groves.

Das würde mich sehr schmerzen! Aber woher kennen Sie dieselbe?

Miß Tate.

Sie war in der Schule, wo ich erzogen ward, in der halben Pension. O Madam! ohne meine würdige Stiefmutter wär ich arm, abhängig, und äußerst unglücklich gewesen. Sie aber gab nach meines Vaters Tode, der mich ohne alle Hülfe hinterließ,

H 4

einen

einen Theil von dem Wenigen her, das ihr
von ihrem ersten Manne war gelassen wor,
ben, um mir eine anständige und wohlun,
terrichtete Erziehung zu geben. Ohne sie
hätte ich eine gemeine Dienstmagd werden
müssen. Durch ihre Güte ward ich eine
Schulkammeradin von Miß Harris, die,
ob sie gleich von keinem sonderlichen Stande
war, doch einen so stolzen Geist besaß, daß
sie über die ganze Schule herrschen wollte.
Auch behielt sie Madam Bladen blos aus
Mitleid für ihren Vater, der ein unterge,
ordneter Offizier war, von seinem Solde
lebte, und um ihretwillen halb verhungerte.

Miß Groves.

Wie ist sie aber zu einer so reichen Witt,
we geworden?

Miß Tate.

Ihr Vater starb, da sie ungefähr 16,
Jahr alt war. Ihre Mutter war schon ei,
nige Jahre vorher todt, und sie hatte auch

keine

keine Verwandten, die sich ihrer angenommen hätten, und ihre unbändige Gemüthsart entfernte vollends Jedermann von ihr.
Endlich erbarmte sich noch der Obriste von
ihres Vaters Regimente, aus Achtung für
sein Andenken, über sie, schickte sie nach
Ostindien, und schoß die Unkosten dazu her.
Hier war sie so glücklich, einen reichen Mann
zu finden, und seit der Zeit habe ich nichts
weiter von ihr gehöret: doch kurz vorher,
ehe ich zu Ihnen, als Lehrerin kam, war
ich eines Morgens mit Madam Trusty zu
Queensquare, als sie ihre beyden Töchter
dahin in Pension brachte. Ich erinnerte
mich sogleich meiner alten Schulgefährdin
wieder: sie fand es aber nicht für gut,
mich zu kennen, und es folgte ein Auftritt,
der mich bald überzeugte, daß Miß Harris
nichts, als den Namen verändert hatte.

 Mad.

Mad. Groves.

Traurig, sehr traurig; doch erzählen Sie mir nur Alles, was Sie von dieser unangenehmen Frau wissen!

Miß Tate.

Madam Blomberg war, nach der äußersten Modethorheit, auf eine höchst übertriebene Art geputzt, und hatte zwey junge Frauenzimmer bey sich, deren Mienen Stolz und Bösartigkeit verriethen. „Ich bringe Ihnen hier,“ sagte sie, „meine Töchter, die bey Ihnen ihre Erziehung erhalten sollen: das aber bitte ich mir aus, daß Sie ihnen nicht die Augen mit Näthereyen, oder unnützem Lesen verderben. Sie sollen keine Erzieherinnen werden: allenfalls ein bischen Stickerey, weil ich das noch unter den Vornehmen üblich sehe. Haben sie aber auch dazu keine Lust, so können es andere für sie thun. Hingegen in der Musik müssen sie Virtuosinnen werden: denn das ist

ißt

ißt Mode, und ich würde mich zu Tode grämen, wenn sie keine Stimmen hätten." In der That, sagte eine von den Mädchen, habe ich eben so wenig Lust zur Musik: es ist so schwer, als Sticken und Lesen, und ich sehe nicht, warum? - - „Warum, mein Kind? weil es Mode ist: also, Madam Trusty, verstehen Sie wohl, sollen sie Musik, Singen, Tanzen und Französisch lernen: mit den übrigen kann es bleiben, da es jungen Frauenzimmern vom Stande wenig nützt."

Mad. Groves.

Und Madam Trusty konnte den Unsinn mit Geduld anhören?

Miß Tate.

O sie ließ ihr ihre Verachtung deutlich genug merken, wenn Madam nur auf ihrem Gesichte hätte lesen wollen.

Mad.

Mad. Groves.

Vermuthlich war sie von sich selbst zu voll, als daß sie auf andre Achtung gab, und glaubte, der Madam Trusty nur zu viel Ehre zu erweisen, daß sie ihr ihre Desmoiselles anvertrauen wollte — ließ es denn aber Madam Trusty dabey bewenden?

Miß Tate.

Sie schwieg, sagte mir aber nachher, daß es ihr viele Mühe gekostet, ihren Unwillen zu unterdrücken. Sie schmeichelte sich inzwischen mit der Hoffnung, daß sie dieselben nach und nach von dieser Thorheit zurück bringen, und ihnen bessere Grundsätze beybringen wollte.

Mad. Groves.

Bey so edlen Bewegungsgründen hätte sie verdient, daß es ihr gelungen wäre.

Miß Tate.

Madam Blomberg ließ ihre Töchter so, oft nach Hause holen, daß, wenn diese

noch)

noch geschmeidiger gewesen wären, ihre Eitelkeit doch alle gute Lehren ihrer würdigen Aufseherin vernichten mußte. Doch ich blieb während ihres Aufenthalts nur noch zwey Monate, weiß also nichts weiter von ihnen.

Mad. Groves.

O! Sie haben mir genug gesagt, Miß Tate, um mich wegen des guten Kindes besorgt zu machen. Aber gehen Sie und schicken Sie mir Miß Loveleß, daß ich sie auf diese unangenehme Nachricht nur ein wenig vorbereite.

Miß Tate geht ab.

Mad. Groves allein.

In der That weiß ich kaum, wie ich sie dem armen süßen Mädchen behutsam genug beybringen soll. Ach! wenn die meisten Aeltern wüßten, wie vorübergehend die Vortheile des Reichthums sind, so würden sie ihrer Kinder wahres Glück gewiß nicht solchen Kleinigkeiten aufopfern.

Mad.

Mad. Groves und Miß Loveleß,

die sich mit einer Verneigung dem
Tische nähert, wo Mad. Groves sitzt.

Mad. Groves.

Sie haben mich oft versichert, mein liebstes Kind, daß Sie selbst ihre Feyer- und Spielstunden mit Vergnügen aufopferten, wenn Sie bey mir sitzen und mit mir schwatzen könnten: darf ich itzt auf ein halb Stündchen um diese Gewogenheit bitten?

Miß Loveleß.

Die größte Gewogenheit und Freude für mich! Denn nach jeder Unterredung mit Ihnen fühle ich mich weiser und besser.

Mad. Groves.

Sie sind sehr gütig, meine Liebe. Freylich ist es stets mein Bestreben gewesen, immermehr an Ihrer Bildung zu arbeiten, und, wie sehr haben Sie mich nicht dadurch belohnet, daß Ihre Bemühungen es meinen Wünschen noch zuvor gethan! Auch

haben

Haben sich diese nicht bloß auf äußerliche Vollkommenheiten erstreckt: denn so nöthig diese auch sind, so können sie doch leicht durch ein gefälliges und einnehmendes Betragen erhalten werden.

Miß Loveleß.

O Sie können nicht glauben, Madam, wie glücklich ich mich in Ihrem Lobe fühle! Mein größter Ehrgeiz geht dahin, meiner guten seligen Mama gleich zu werden. Immer habe ich ihre Tugenden vor meinen Augen, und da sie noch lange genug gelebt, um mich auf ihre Verdienste aufmerksam zu machen, so würde es unverzeihlich seyn, wenn ich nicht ihr Beyspiel zum Muster meines Betragens nähme.

Mad. Groves.

Fahren Sie so fort, mein Kind, und Sie werden gewiß dahin gelangen. Inzwischen müssen Sie auch lernen, sich in die verschiedenen Vorfälle des Lebens zu schicken,

In

in Hoffnung, daß Sie in der Zukunft die Früchte davon einärndten werden.

Miß Loveleß.

Sagen Sie mir, meine Beste, haben Sie nichts von meinem Papa neuerlich gehört? Sein langes Stillschweigen fängt an mich zu beunruhigen.

Mad. Groves.

Eben habe ich Ihnen den Inhalt eines Briefes mitzutheilen, und deswegen ließ ich Sie fodern, meine Liebe. Sie müssen sich aber auf eine Neuigkeit gefaßt machen, die Sie wohl ein wenig in Verwunderung setzen wird.

Miß Loveleß.

Nur nicht, daß sich mein Papa wieder verheurathet hat! Denn das würde mich in der That erschrecken.

Mad.

Mad. Groves.

Und warum das? Der Papa hat doch wohl ein unstreitiges Recht zu thun, was ihm gefällt?

Miß Loveleß.

Sehr wahr! Aber Sie wissen, wie viel ich mir Mühe gegeben habe, in meinen Kenntnissen fortzugehen, damit ich bald nach Hause kommen, und meinem Vater die Wirthschaft führen möchte! Auch ist er nicht leicht hier gewesen, daß er sich und mich nicht darauf vertröstet hätte.

Mad. Groves.

Diese Hoffnung müssen Sie nun freylich für itzt aufgeben. Eine Stiefmutter kann auch vieles zu Ihrer Beruhigung beytragen. Sie sind noch sehr jung, und wissen nicht, wie viel Mühe die Regierung einer Haushaltung macht. Doch Sie haben schon zu viel Verstand, als daß ich Ihnen darüber mehr zu sagen brauchte, und zu viel gutes

Herz, als daß Sie über eine Begebenheit jammern sollten, die zur Glückseligkeit eines so geliebten Vaters so vieles beyträgt.

Miß Loveleß thut einen tiefen Seufzer.

Das will so viel sagen: mein guter Vater ist bereits verheurathet? — Ach! Madam, wie wird mirs ergehen!

Mad. Groves nimmt sie bey der Hand.

Liebstes Kind! Warum schlägt Sie der Gedanke so sehr nieder? — Wie es Ihnen gehen wird? — Glauben Sie dadurch den guten Vater zu verlieren, der er immer für Sie gewesen, oder durch diese Heurath nicht eine aufrichtige schätzbare Freundin zu gewinnen?

Miß Loveleß.

Allerdings sollte ich diese Hoffnung haben. Aber, wenn es nun nicht so wäre; und es wäre eine Stiefmutter, so — wie ich höre, daß es deren bisweilen giebt, die

mich

mich verfolgte, und meinen beſten Vater
wider mich aufhetzte, was dann?

Mad. Groves.

So unſchicklich es auch ſeyn würde, ſolche ſchwermüthige Gedanken bey Ihnen zu
nähren; ſo muß ich Ihnen doch ſagen, wenn
dieß ja der Fall wäre, daß Sie dann am
erſten einen Beweis von Ihrer biegſamen
Gemüthsart geben, und Ihr edles Herz
äußern müßten; theils um ſich ſelbſt aufrecht zu erhalten, theils aber Ihren lieben
Vater zu tröſten, der alsdann gewiß noch
mehr Mitleid als Sie verdienen würde, da
er gewiß nicht mit Vorſatz dieß Unglück
über Sie gebracht hätte, wovon die Laſt gewiß auf ihn gedoppelt zurückfallen würde.

Miß Loveleß.

Ob mich gleich Ihre Güte dreuſt genug
machet, Ihnen mein ganzes Herz offen zu
zeigen; ſo kann ich Sie doch verſichern, daß
mir kein Gedanke einfällt, meinem lieben

 Vater

Vater wegen irgend einer seiner Handlungen
Vorwürfe zu machen. Meine neue Mutter
mag sich gegen mich betragen, wie sie will,
so werde ich mich allezeit für verbunden halten, ihr die gebührende Hochachtung und
Ehrerbietung zu bezeigen: und mein Papa
soll von meiner Seite gewiß keine Hinderniß
finden, wo ich nur zu seiner Glückseligkeit
etwas beytragen kann.

Mad. Groves.

Ihr Entschluß macht Ihrem Verstande
und Ihrem Herzen Ehre. Da Sie itzt etwas ruhiger sind, so kann ich Ihnen sagen,
daß Ihr Papa eine Wittwe geheurathet und
mit ihr ein paar Töchter bekommen hat,
die beynahe von Ihrem Alter seyn werden.

Miß Loveleß.

Dieß ist mir einigermaßen erfreulich.
Immer habe ich mir noch eine Schwester
gewünscht, und nun werde ich ihrer also
zwo haben? — In der That werden Sie

mir

mir bald die Neugierde einflößen, diese neue
Verwandtschaft kennen zu lernen.

Mad. Groves.

Diese werden Sie bald befriedigen kön‑
nen: denn Ihres Papas Haushälterin ist
bereits hier, Sie abzuholen, und erwartet
Sie mit jedem Augenblicke — Gehen Sie
also, bey Ihren Schulfreundinnen Abschied
zu nehmen. Ich will indessen Ihre Kleider
und übrigen Sachen zurechte machen.

Miß Loveley verneigt sich und geht ab.

Mad. Groves.

Das arme Kind! Daß ich ihr doch das
Traurige, das schon an sich mit einem Ab‑
schiede von Jugendfreundinnen verbunden
ist, nicht durch angenehme Aussichten ver‑
süßen kann, die sie in ihrer neuen Familie
zu hoffen hat! Aber die Schule der Trüb‑
sal giebt oft unserm künftigen Leben die beste
Erziehung, und ich rechne viel auf die Zärt‑
lichkeit, die stets ihr Vater für sie geäußert hat.

Geht ab.

Die

Die Schulstube.

Miß Tate ſitzt an einem Ende und näht: **Miß Rawlins** und die übrigen jungen Mädchen ſitzen an verſchiedenen Orten und ſpielen in kleinen Parthien. **Miß Loveleß** weint, indem ſie hinein tritt, und die jungen Frauenzimmer treten um ſie her, und fragen wehmüthig, „was ihr fehlt?“

Miß Loveleß.

Wenigſtens kein Unglück, wenn das nicht eines für mich wäre, daß ich euch, meine liebſten Freundinnen, verlaſſen ſoll.

Verſchiedene Stimmen durcheinander.

O! Sie wollen uns verlaſſen, gute Lo= veleß? — Aber Sie kommen doch wieder zu uns?

Miß Loveleß.

Unfehlbar — aber — (ſeufzend.) mein Papa hat ſich wieder verheurathet, und ich ſoll meiner neuen Mama vorgeſtellt werden.

Miß

Miß Rawlins.

So bedaure ich dich herzlich, gute Loveleß! Das ist ein größer Unglück, als
Alles: da wird dirs übel ergehen!

Miß Tate.

Pfuy, Miß Rawlins! wer wird so etwas sagen! Also, weil sie eine neue Mutter hat, muß es ihr übel ergehen?

Miß Rawlins.

Ich rede aus Erfahrung, Mamsell.
Habe ich nicht auch eine Stiefmutter? Ich
dächte also, ich sollte es wohl wissen. Aber
Sie haben immer etwas wider mich, wenn
ich nur ein Wort sage.

Miß Tate.

Sie sollten bey dieser Gelegenheit der
Miß Loveleß vielmehr einen Trost zusprechen,
wenn Sie Ihrer Mama Gerechtigkeit wollten wiederfahren lassen: denn Sie wissen,
daß, ohne Ihre verkehrte Denkungsart,

Sie

Sie niemals zu uns wieder zurückgekommen
wären.

Miß Rawlins.

Sehr gut, Mamsell! ich weiß, daß
ich, nach Ihrer Meynung, immer Unrecht
habe, wenn ich rede. Warten Sie aber
nur, bis Miß Loveleß einmal wieder zu uns
kömmt, dann wollen wir hören, was sie
sagen wird.

Miß Tate.

Miß Loveleß Schicksal sey wie es wolle,
so bin ich überzeugt, daß sie viel zu viel
Verstand und Güte des Herzens hat, als
daß sie von ihrem Vater und ihrer Mutter
gerade zu etwas Nachtheiliges vorbringen
wird. — Seyn Sie ruhig, meine liebe Loveleß, und hoffen das Beste! Behalten Sie
Ihre sanfte, gefällige Gemüthsart bey, und
Sie können nicht unglücklich seyn.

Miß

Miß Loveleß.

In der That, meine liebe Miß Tate, hoffe ich, gegenwärtig mehr glücklich zu seyn, da mir unsere gute Aufseherin gesagt, daß meine neue Mama zwo Töchter hat, die ich mir zu Freundinnen zu machen wünsche. Aber freylich, da ich diese würdige Frau, die mir bisher den Verlust einer Mutter ersetzt hat, und meine Gespielinnen, so wie Sie, beste Freundin, verlassen soll, so geht es mir äußerst nahe.

Miß Tate.

Ihre Empfindsamkeit, liebe Loveleß, macht Ihrem Herzen Ehre, und wir sind von Ihrer zärtlichen Liebe aufs lebhafteste gerührt: hoffen aber von ganzem Herzen, daß Sie zu Hause eine Aufnahme finden werden, die uns bald bey Ihnen soll vergessen machen,

Miß Loveleß.

Ich Sie vergessen? Nimmermehr! Auch dann nicht, wenn mir die Liebe meiner

neuen

neuen Mama und Schwestern meinen Auf=
enthalt zu Hause noch so annehmlich machen
sollte.

Die Vorigen, Madam Groves.

Mad. Groves.

Die Frau Cartwright ist, wie Sie wis=
sen, hier.   Ich glaubte aber, daß es Ihnen
ein Vergnügen machen würde,   noch einige
Augenblicke bey Ihren Schulfreundinnen zu
verweilen, und habe Sie daher beredet, vor=
her noch einige Erfrischung zu sich zu neh=
men, ehe Sie fortgiengen.

Miß Loveleß.

Sie sind sehr gütig, Madam.   Die
Frau Cartwright verdient es.   Es ist eine
vortreffliche Frau, und obgleich nur meines
Vaters Haushälterin,   doch zu dem Stande
blos durch Unglücksfälle herabgesetzt. Meine
liebe selige Mama hatte viel Freundschaft für
sie, und mich immer von meiner ersten Ju=

gend

genb an gelehrt, die größte Hochachtung
für sie zu haben. Mich verlangt sie zu sehn,
und tausenderley Fragen an sie zu thun.

Mad. Groves.

Sehr natürlich, mein liebes Kind! Doch
erst speisen Sie zuvor mit Ihren Gespielinnen; mittlerweile will ich Ihre Sachen vollends zu Ihrer Abreise fertig machen.

Geht ab. — Die jungen Frauenzimmer
räumen ihre Spielsachen zusammen:
während dieser stummen Scene unter-
reden sie sich mit einander, scheinen
alle die Miß Loveleß zu bedauern, und
gehn dann zur Mittagsmahlzeit hinab.

Madam Groves Zimmer.

Mad. Groves, die einen Kasten mit Bändern,
Hüthen, Blumen u. s. w. zusammen packt. Frau
Cartwright sitzt neben ihr.

Mad. Groves.

Glaube Sie nicht, meine liebe Frau Cartwright, daß die mancherley Fragen, die ich

an

an Sie thue, eine unverschämte Neugier zum
Grunde haben: nein, aber mein liebenswürdiger Zögling liegt mir so am Herzen,
daß ich gern alles wissen möchte, was sie
zu fürchten oder zu hoffen hat.

Frau Cartwright.

Eigentlich möchte ich über meine neue
Herrschaft nicht zu übereilt urtheilen. Vielleicht ist sie in der Folge liebenswürdiger,
als sie mir itzt vorkömmt: vielleicht bin ich
auch zu unbekannt mit der itzigen Mode der
Welt, und meine Liebe für meine theure
Miß Loveleß macht mich ein wenig furcht-
sam. Aber eine große Dame mag sie wohl
seyn.

Mad. Groves.

Ich wünsche nur, daß ihre Töchter nicht
auch schon von der Eitelkeit der Mutter angesteckt seyn mögen — daß Miß Loveleß
wenigstens einigen Trost bey ihnen findet.

Frau

Frau Cartwright.

Ich habe sie noch nicht gesehen, da man sie heute erst aus der Pension erwartet: deswegen läßt auch mein Herr seine Tochter durch mich abholen. Noch scheint er die Schwachheit seiner Frau nicht ganz zu kennen: denn er sprach, nach seinem ihm eigenen guten Herzen, mit Entzücken von der Zurückkunft ihrer beyderseitigen Töchter. Die kalte Gleichgültigkeit aber, mit der sie ihn anhörte, sagte mir nur zu deutlich, daß, ihrem Wunsche nach, Miß Loveleß nicht von der Parthie seyn möchte: und ich fürchte, daß sie nichts als Kummer und Demüthigungen zu Hause wird zu gewarten haben.

Mad. Groves.

Das arme Kind! wenn inzwischen Ihrer Frauen Herz nur halbweg einer Empfindung von Güte fähig ist, so wird sie gewiß den Zugang zu ihrem Herzen finden. Ich kenne kein junges Frauenzimmer von ihrem

Alter,

Alter, das so viel Sanftmuth, Gefälligkeit
und Tugend besitzt, als Miß Loveleß.

Frau Cartwright.

So ist sie ganz das Ebenbild ihrer seligen Mutter, die nichts als Freundlichkeit,
Nachsicht und Herablassung war. Kaum
kann ich es erwarten, das liebe Kind zu sehen. Vermuthlich wird sie zehnerley Fragen an mich thun. Ich werde aber nicht
das Herz haben, ihr meine Furcht zu entdecken, so wie ich auch noch nicht über den
Anschein urtheilen will.

Mad. Groves.

Allerdings wird es besser seyn, wenn
wir sie auf ihre gegenwärtigen Umstände
nicht zu aufmerksam machen. Ihres Vaters Haus ist so gar weit nicht, und bey
der geringsten Furcht, die man ihr vorher
einjagte, möchte ihr Betragen, das keiner
Verstellung fähig ist, zu viel Zwang verra-
then. Besser, ihre Handlungen zeigen sich

in

in der natürlichen Einfalt, die ihr ihr Herz
eingiebt ... doch sie kömmt.

Die Vorigen, Miß Loveleß, Frau
Cartwright steht auf.

Miß Loveleß.

O meine liebe, liebe Cartwright, wie
gehts? Wie freue ich mich, Sie so wohl
zu sehen! Seit ich das Vergnügen nicht
gehabt habe, sind, wie ich höre, bey uns
große Veränderungen vorgefallen!

Frau Cartwright.

Ja wohl; Ihre neue Mama, Miß Loveleß, ist nun seit einer Woche bey uns, und
wir erwarten ihre Fräulein Töchter heute.
Ihr Papa befindet sich wohl, und Sie,
Miß? — o wie entzückt es mich, Sie so
groß und hübsch zu sehen!

Miß Loveleß.

Sie kennt also meine neuen Schwestern
noch nicht? Das thut mir leid! Ich hätte

wohl wiſſen mögen, was es für Mädchen
ſind! — Nun, was ſagt Sie denn zu meiner neuen Mama?

Frau Cartwright.

Es iſt eine artige und hübſche Perſon;
doch hat ſie noch nicht mit mir geſprochen:
denn ſie ſcheint ſich nicht gern viel mit
Fremden zu ſchaffen zu machen, und läßt
mir alſo allezeit durch ihr Kammermädchen
ihre Befehle ertheilen.

Miß Loveleß.

O! ſetze Sie ſich doch, Frau Cartwright!
ich weiß gewiß, Madam Groves erlaubt
es. — Ich bitte: warum will Sie ſich
wegen eines Mädchens müde ſtehen, die
Sie ſo oft ermüdet hat, da ſie ſich ſelbſt
noch nicht helfen konnte.

Frau Cartwright wiſcht ſich die Augen.

Ich ſehe, Sie ſind immer noch ſo gut,
als vormals, und das wahre Ebenbild Ihrer guten ſeligen Mama. Laſſen Sie mich

immer

immer — wir werden zum Sitzen noch Zeit genug im Wagen haben.

Miß Loveleß.

Wenn es meiner Aufseherin so gefällt, so habe ich nichts dawider. Sage Sie mir doch, Frau Cartwright, wie lange ich wohl zu Hause bleiben werde? oder — soll ich nie wieder in meine Schule zurückkehren?

Mad. Gróves.

Ihre Sachen, liebe Miß Loveleß, sind nun alle in Bereitschaft, und es kömmt auf Sie an, wann wir die Kutsche sollen vorfahren lassen. — Wollen Sie etwa noch einige meiner jungen Frauenzimmer allein sehen?

Miß Loveleß.

Ich habe bereits von Allen überhaupt Abschied genommen. Doch, da Sie es erlauben, so wünschte ich wohl noch Miß Gower besonders zu sprechen.

Mad. Groves.

Ich will sie gleich herschicken, mein Kind, und inzwischen dem Bedienten Ihre Sachen zum Aufpacken übergeben, und den Wagen bestellen.

Geht ab.

Miß Loveleß.

Diese unerwartete Heurath meines Vaters, gute Cartwright, macht mir viel Sorge. Inzwischen freue ich mich, ihn wieder zu sehen, so wehe es mir thut, meine würdige Gouvernante, und alle die lieben Mädchen hier zu verlassen, die mir so viel Beweise ihrer Zuneigung gegeben.

Die Vorigen, Miß Gower.

Miß Gower.

Unsre Aufseherin schickt mich her, liebe Marie, aber vermuthlich nur, von Ihnen Abschied zu nehmen. Wie weh thut es mir, daß Sie uns verlassen sollen!

Miß

Miß Loveleß.

Auch mir geht diese Trennung sehr nahe. Die Hoffnung, daß ich auch zu Hause nicht unglücklich seyn werde, muß mich einigermaßen trösten, und — daß ich vielleicht wieder zurückkommen werde. Sollte dieß aber ja nicht geschehen, so werde ich gewiß meinen Papa bitten, daß er mich dann und wann hieher schickt. Mittlerweile wird Ihnen Madam Groves gewiß erlauben, daß wir einander schreiben, damit ich wenigstens das Vergnügen habe, zu hören, wie Sie und meine übrigen jungen Freundinnen sich befinden.

Die Vorigen, Madam Groves.

Mad. Groves.

Der Wagen ist da.

Miß Loveleß fängt an zu weinen.

(Zur Mad. Groves.) Wie soll ich Sie verlassen, beste Freundin!

Mad.

Mad. Groves.

Faſſen Sie ſich, liebe Loveleß! Ihr Papa möchte es nicht gern ſehen, wenn Sie rothe Augen mit in ein Haus der Freude bringen.

Miß Loveleß.

O! er ſoll nichts davon ſehen, und ich will ſchon unterwegens meine Thränen abzutrocknen ſuchen. Das Vergnügen, ihn wieder zu ſehen, wird auch jeder Art von Kummer ein Ende machen. Würde ich aber nicht das undankbarſte Geſchöpf ſeyn, wenn ich Sie ohne Wehmuth verlaſſen könnte?

Mad. Groves.

Auch mich, beſte junge Freundin, würde der Gedanke ſchmerzen, wenn Sie eine Perſon, die Sie ſo zärtlich geliebt hat, vergeſſen könnten: allein ich habe eine Ahndung, daß wir einander bald wieder ſehen werden, und dieſe Hoffnung ſoll uns für itzt beruhigen. — Miß Gower, thun Sie ſich ein

wenig

wenig Gewalt an! — Sie kränken Ihre Freundin zu sehr.

Miß Gower schluchzend,
So viel ich kann, Madam.

Mad. Groves.

Ich habe die acht Oberhemden zusammen gepackt, meine Liebe, die Sie für Ihren Papa, so auch den Oberrock, den Sie sich selbst verfertiget haben. Auch schicke ich Ihr Uebungsbuch mit, damit er sieht, wie weit Sie es im Schreiben gebracht haben. Ihre Stickerey werden Sie schon gelegentlich vollends fertig machen, und Ihrem Papa sagen, daß ich Sie davon ein wenig zurückgehalten habe, weil ich fürchtete, Sie möchten mir durch die einseitige Arbeit ein wenig schief werden. — Sie, Frau Cartwright, wird die Güte haben, diesen meinen Glückwünschungsbrief, dem Herrn Loveleß zu übergeben.

Frau

Frau Cartwright.

Ganz gewiß, Madam.

Ein Bedienter.

Der Wagen ist fertig.

Miß Loveleß schlägt ihre Arme um ihre Guvernante, und verbirgt ihr Gesicht in ihren Busen.

Mad. Groves, die sie an ihr Herz drückt.

Gott segne Sie, mein liebenswürdiges, bestes Kind! Er lasse Sie in Madam Loveleß eine würdige Stiefmutter, und alle Arten von Glückseligkeiten finden, die dieß Leben nur gewähren kann.

Frau Cartwright.

Ich will nur zuerst hinuntergehn. — Ihre Dienerin, Madam.

Geht ab.

Mad. Groves.

Lebe Sie wohl, gute Frau.

Miß Loveleß reißt sich mit vieler Mühe aus ihrer Erzieherin Armen, küßt Miß Gower: und sagt schluchzend:

Leben

Leben Sie wohl, verehrungswürdigste Frau! — Leben Sie wohl, geliebteste Lucie! — Denken Sie bisweilen an mich! — Nie werde ich Sie vergessen.

Geht schnell ab, und hält das Schnupftuch vor die Augen.

Mad. Groves.

Wir wollen zurückbleiben: besser, sie ist sich nun selbst überlassen! Ich wünsche, daß das süße Mädchen mehr Glück finden möge, als mich die Umstände erwarten lassen. Gehen Sie, liebe Lucie, in den Schulsaal — ich habe noch einige Rechnungen abzuthun.

Ende des ersten Aufzugs.

Zweyter Aufzug.

Ein Zimmer in Herrn Loveleß Hause.

Miß Loveleß, die mit Frau Cartwright hinein tritt.   **Ein Bedienter.**

Miß Loveleß.

Will Er so gut seyn,   und Madam Loveleß melden, daß ich hier bin, und ihr aufzuwarten wünsche?

Bedienter.

Unverzüglich, Mademoiselle.

Geht ab.

Miß Loveleß.

Ach, liebe Cartwright, ich bin so voll Unruhe, daß ich nicht weiß, was ich thun soll! mein Herz ist mir so schwer, daß ich — daß ich kaum Odem holen kann.

Frau Cartwright.

Fassen Sie sich, liebe Miß; sonst werden Sie kaum vor Ihrer neuen Mama erscheinen können.

Miß

Miß Loveleß.

Wenn sie mich freundlich aufnimmt, so werde ich mich bald erholen: aber das ist, was ich fürchte.

Bedienter kömmt zurück.

Madam ist noch vor dem Putztische, kann also Miß nicht sehen.

Geht ab.

Miß Loveleß.

Und darum kann sie mich sehen! Gerade das war die Zeit, wo mich meine selige Mutter am liebsten um sich hatte. Sie weiß noch Cartwright, wie gern ich Ihre Stelle bey ihr vertrat, und sie anziehen half.

Frau Cartwright.

Sie müssen bedenken, daß diese Dame und Sie noch itzt fremd für einander sind. Ueberdieß würden Sie übel zurechte kommen, wenn Sie dieser ihre Handlungen alle mit Ihrer seligen Mama ihren vergleichen wollten.

K 5

ten. Sie können beym erſten Eintritte nicht eine ſolche Liebe erwarten, als Ihnen Ihre Mutter bezeigte.

Miß Loveleß.

Gut! Am beſten, ich denke weiter nicht daran. Erzähle Sie mir was dafür von meinen Zöglingen, wie ich ſie zu nennen pflegte? Wo iſt mein getreuer Fidel? warum kömmt er nicht, und bewillkommt mich, wie er ſonſt that?

Frau Cartwright.

Ja, der Papa und Sie, die das arme Thier ſo liebkoſeten! Als Madam kam, dachte er, er dürfte auch ſo um ſie herum: hüpfen, und an ſie ſpringen: aber ſie gerieth in kein geringes Schrecken, als er ſeine Schmeicheleyen bey ihr anbringen wollte: denn ſie hat ſehr ſchwache Nerven. — So gleich befahl ſie dem Kutſcher, ihn in Stall zu ſperren: und da fieng er ſo erbärmlich an zu heulen, daß ich den Papa nur um die

Erlaub-

Erlaubniß bat, ihn Pachter Coopers kleiner Jenny geben zu dürfen. Bey der befindet er sich itzt wohl, und Sie könnten selbst nicht besser für ihn sorgen, als die thut.

Miß Loveleß.

Armer Fidel! du dauerst mich: doch ich will dich dann und wann besuchen, und Cartwright — meine schönen Kätzchen — die noch ganz klein waren, als ich sie erhielt, und ich erst zu erziehen anfieng — wie gehts denen?

Frau Cartwright.

Es thut mir leid, daß ich es sagen muß — die waren aber nicht zu retten. Madam Loveleß fällt beym Anblicke einer Katze gleich in Ohnmacht: sie hatte sie also durch den Bedienten ins Wasser tragen lassen, ehe ich es erfuhr oder sie durch eine geheime Vermittlung dem Untergange entreißen konnte.

Miß

Miß Loveleß.

Armer Hitz und Kitz!— O das hätte ich wiſſen ſollen! Meine Guvernante hätte ſie mit Freuden aufgenommen. Beynahe ſchäme ich mich zu ſagen, wie ſehr ſie mich dauern.— Ich wünſchte, der Papa käme bald von ſeinem Spazierritt wieder nach Hauſe: er blieb ja ſonſt nicht ſo lange . . doch, wie ſtehts mit meinen Hühnerchen und Täubchen?

Frau Cartwright.

Seit Madam da iſt, weiß ichs nicht: denn ſie hat mir durchaus verboten, mich um keine andere als nur um meine, mir angewieſene Geſchäfte im Hauſe zu bekümmern, und ihre Kammerjungfer giebt ſo ſehr auf mich Achtung, daß ichs nicht wage, nach den armen Geſchöpfchen zu ſehen: ich habe inzwiſchen den Stalljungen Samuel gebeten, dafür zu ſorgen; ob er es gethan, weiß ich nicht.

Miß

Miß Loveleß.

Wahrhaftig, diese Mama muß nicht sehr gutherzig seyn, wenn sie solche arme Thier‑chen vernachläßigen läßt. Die selige Mama sagte immer zu mir, man könnte eines Men‑schen Charakter nicht besser, als aus seinem Betragen gegen diesen hülflosen Theil der Schöpfung beurtheilen. — Wir müssen Etwas ausdenken, wie wir dem abhelfen. Viel lieber wollte ich sie todt, als sie nicht gehörig abgewartet wissen.

Frau Cartwright.

Wenn ich nur von Ihrer Mama erhal‑ten könnte, daß sie mich Ihnen zur Auf‑wartung gäbe! Aber ich darf es nicht wa‑gen, sie selbst darum zu bitten: denn sie hat einen solchen Abscheu vor fetten Personen, daß sie mich nicht ausstehen kann: daher werde ich blos nur vorgelassen, wenn mich Ihr Papa an sie schickt.

Miß

Miß Loveleß.

"O! so werde ich ihr gewiß auch mißfallen, weil ich so gesund aussehe, und da meine selige Mama die ausgesteiften Schnürbrüste nicht leiden konnte: wird ihr mein Wuchs gewiß auch nicht schlank genug seyn.

Die Vorigen. Christine,

Christine.

Die Madam ist nun zu sprechen, Miß, wenn es Ihnen beliebt.

Miß Loveleß zitternd.

Ich werde ihr sogleich aufwarten.

Christine.

Miß scheint ein hübsches Mamsellchen zu seyn: aber gegen meine jungen Damen sticht sie gewaltig ab!

Frau Cartwright.

Was ihr Herz und ihren Verstand anbetrift, zweifle ich noch gar sehr: denn sie ist

das

das liebenswürdigste Geschöpf, das ich jemals gesehen.

Christine mit einem spöttischen Kopfnicken.
So? — meynt Sie?

Gehen durch verschiedene Thüren ab.

Ein Putzzimmer.

Madam Loveleß, nachläßig auf einen Sopha gestreckt, spielt mit ihrem Schnupftuche. Miß Loveleß tritt hinein — nähert sich, bleibt aber stehen, verlegen, was sie thun soll — Nach einer kleinen Pause.

Miß Loveleß.

Ihre Kammerjungfer, Madam ...

Mad. Loveleß (zusammen fahrend.)

Himmel! wer ist da? — Ah, Miß! — Wahrhaftig Ihr jählinges Zubringen hat mich so erschreckt — Hat man jemals gehört, daß eine junge Lady in ein Zimmer gelaufen kömmt, ohne einen Bedienten vorher zu schicken, der sie anmeldet? — Ich zittere am ganzen Leibe.

Miß

Miß Loveleß beschämt.

Ich bitte um Vergebung, Madam — Ihre Kammerjungfer aber sagte, ich könnte kommen; und da ich nicht gewohnt gewesen bin, einen Bedienten vor mir herzuschicken, so — so — werde ich künftig vorsichtiger seyn.

Mad. Loveleß.

Sie sind nicht gewohnt gewesen, einen Bedienten vor sich herzuschicken? Freylich wohl sieht man mehr als zu sehr, daß Sie nie an irgend etwas gewohnt gewesen, das artig und wohlanständig läßt — — —

> Miß Loveleß sieht sich äußerst verlegen nach einem Stuhl um, scheint aber voller Ungewißheit, ob sie sich setzen soll.

Nach der ungeschickten Figur, die Sie machen, sollte ich fast glauben, Sie wären gewohnt gewesen, in der Mitte der Stube stille zu stehen. — Setzen Sie sich! Sie setzt sich: Madam Loveleß sieht sie starr an, und mustert sie mit ihren Augen vom Kopfe an bis zu

der

den Füßen. Hahaha! Ist Ihr Anzug Ihr eigner, oder Ihrer Gouvernante Geschmack?

Miß Loveleß, die sich kaum des Weinens enthalten kann.

Weder der meinige, noch meiner Gouvernante ihrer, Madam. Meine selige Mutter war keine Freundin der Mode: ich trage mich also noch so, wie ich es bey ihren Lebzeiten gewohnt war.

Mad. Loveleß.

(Spöttisch.) Sie hat einen reizenden Geschmack gehabt. Ich hätte es bald aus dem Bildnisse vermuthen können, das in meinem Schlafzimmer hängt.

Miß Loveleß äußerst gerührt.

Meine Mutter war sehr gut, Madam... Doch, ich glaube meinen Vater zu hören. Erlauben Sie, daß ich ihm entgegen gehen darf!

Mad. Loveleß.

Nein, bleiben Sie, wo Sie sind. Ich muß das Vergnügen haben, zu sehen, wie Sie sich bey seiner Bewillkommung anstellen.

(Ein Bedienter öffnet die Thüre.)

Mad. Loveleß, Herr Loveleß, Miß Loveleß.

Miß Loveleß springt von ihrem Sitze in der größten Unruhe auf, geht auf ihren Vater zu, bleibt aber jähling stehen.

Herr Loveleß.

(Zu seiner Frau.) Wie stehts, meine Liebe?--- (Er wird seine Tochter gewahr, springt auf sie zu und umarmt sie auf das zärtlichste.) Ah, meine liebe Maria! mein bestes Kind! komm, und laß dich an mein zärtliches Herz drücken. Deine gute Aufseherin schreibt mir, daß du ihrer Zucht Ehre gemacht hast, mithin mir lieber, als jemals seyn mußt. Hast du deiner neuen Mama schon deine Ehrerbietung bezeigt? Darf ich Ihnen, Madam, in ihr eine Toch-

ter

ter darstellen, die gewiß ihre Pflicht gegen Sie so genau erfüllen wird, als irgend eine Ihrer eignen Töchter? — Komm, und küsse deine Mama, Maria.

> Maria nähert sich. Madam Loveleß beugt sich zurück, und reicht ihr sehr gleich-gültig die Hand, die sie ehrerbietig küßt.

Mad. Loveleß.

Es ist schon genug, Kind. Das Küs-sen läßt so gemein. — Setzen Sie sich wieder! Ich wundere mich, Herr Loveleß, daß noch nicht der Wagen mit den Miß Blombergs wieder da ist? — Ganz sicher ist ein Unglück vorgefallen.

> Herr Loveleß, der beleidigt zu seyn scheint.

Was soll für ein Unglück vorgefallen seyn? (Er geht und setzt sich neben seine Tochter, und nimmt sie bey der Hand.) Du bist sehr groß gewachsen, und hast, wie ich mit Vergnü-gen höre, gute Fortschritte in allen weibli-chen Kenntnissen gemacht.

Mad.

Mad. Loveleß.

Ja wohl, und zumal in der feinen Lebensart. (Mit einem spöttischen Gelächter.)

Herr Loveleß.

Fein oder nicht fein: wenn sie nur nicht unanständig ist, und das dächte ich eben nicht: Sie müßten denn die natürliche Schüchternheit meynen, die der Bescheidenheit eigen ist.

Die Vorigen, Miß Blombergs.

Vorher kömmt ein Bedienter und meldet die Miß Blombergs. Sie sind aufs prächtigste geputzt. Nachdem sie sich ihrer Mutter langsam genähert haben, küssen sie dieselbe, verneigen sich gegen Herrn Loveleß, und sehr nachläßig gegen dessen Tochter; hierauf setzen sie sich.

Mad. Loveleß.

Ihr seht ja allerliebst aus, Kinder? — eure Art, euch darzustellen, ist elegant und geschmackvoll, und macht der Schule Ehre,

wo

wo Ihr eure Erziehung erhalten habt. Das muß wahr seyn, London ist doch der einzige Ort, wo man den guten Ton erhält. Eine Erziehung auf dem Lande ist nur für Bauernvolk.

Miß Blomberg.

Auch haben wir, Mama, uns die Grazie am meisten lassen angelegen seyn; da mir und meiner Schwester dieß am wenigsten zu schaffen machte.

Mad. Loveleß.

Freylich besitzt ihr diese schon von Natur, sonst hättet ihr es nicht in Kurzem so weit bringen können. Die Mittagsmahlzeit wird uns erwarten. Ich muß meine Untersuchungen über eure übrigen erworbenen Vorzüge also wohl bis den Nachmittag verschieben. Wenn sie aber dem Anscheine entsprechen, so werde ich vollkommen zufrieden seyn.

Ein

Ein Bedienter.

Die Tafel ist bereit.

> Madam Loveleß steht auf; ihre Töchter folgen ihr. Herr Loveleß nimmt seine Tochter bey der Hand, und geht nach der Thüre zu.

> Mad. Loveleß dreht sich zu ihr um.

Ich habe von Gardner, dem Bedienten, gehöret, daß Sie schon unterweges gegessen haben: wenn Sie zweymal zu Mittage essen, so darf man sich nicht wundern, daß Sie so fett sind.

Miß Loveleß.

In der That habe ich auch keinen Hunger, Madam. Wollen Sie es erlauben, so gehe ich mittlerweile in Garten.

Mad. Loveleß.

Das steht Ihnen frey, Miß. Ich werde Sie in nichts zwingen. — Kommt, meine lieben Töchter, ich will euch den Weg zum Speisesaale zeigen.

Herr

*Herr Loveleß bleibt zurück, und küßt seine
Tochter: sie küßt ihm die Hand.*

Geh, gutes Mädchen! Unterhalte dich
im Garten, so gut du kannst: ich will dich
schon wieder rufen lassen.

Geht traurig ab.

Miß Loveleß.

Ich muß meine ehrliche Cartwright aufsuchen, und ihr sagen, wie mirs geht.
Eine so demüthigende Aufnahme hätte ich
doch nicht erwartet — wie unglücklich bin
ich nicht!

Sie geht mit thränenden Augen ab.

Ein Garten.

Miß Loveleß und Frau Cartwright.

Frau Cartwright.

Ja wahrhaftig, liebste Miß! Diese
Aufnahme übersteigt noch die Furcht, die
ich schon vorher hatte. Es war grausam,
daß ich Sie nicht vorbereitete: aber —
ich glaubte, es schicke sich für mich nicht,

L 4

Anmer-

Anmerkungen über meine neue Herrschaft zu machen, zu denen mir ihr Betragen gegen mich schon Anlaß genug hätte geben können.

Miß Loveleß.

Sie hat Recht, liebe Freundin. Aber, was soll hier aus mir werden? Nie kann ich hier glücklich seyn. Die Mama verschmäht mich; und meine neuen Schwestern warfen so verächtliche Blicke auf mich, daß ich wohl sah, wie sehr sie alle in ihren Gesinnungen übereinstimmen.

Frau Cartwright.

Kein Wunder! wenn die Art, mit der sie erzogen worden, jedes zärtliche Gefühl in ihrem Herzen erstickt. Ach! wenn eine Modeerziehung solche Früchte bringt, wie sehr haben Sie Gott zu danken, daß Sie auf dem Lande erzogen worden!

Miß Loveleß.

Das würde ich, wenn nicht meiner Mutter ihre Vorurtheile dadurch noch vermehrt

mehrt würden: aber ich sehe, daß sie in meiner Erziehung und meinem Betragen nichts findet, was ihr nicht aufs äußerste lächerlich scheint.

Frau Cartwright.

Ich will hierüber nicht sagen, was ich denke. Beruhigen Sie sich aber, und lassen Sie sich deswegen nicht eher niederschlagen, als bis andere würdige Personen, deren Wort auch was gilt, die ländlichen Tugenden, die Sie besitzen, verachten, oder den Tand und die modischen Possen einem guten Herzen und einer liebenswürdigen gefälligen Gemüthsart vorziehen. Behalten Sie diese bey, und trösten Sie sich mit dem Bewußtseyn, Recht zu thun. Dieß wird Ihnen die unglückliche Lage erleichtern, in die Sie sich itzt durch Ihrer neuen Mama seltsames Verfahren oft werden versetzt finden.

Miß

Miß Loveleß.

Das will ich! Durch den guten Rath meiner Gouvernante, die Liebe meines besten Vaters, und Ihre Freundschaft, Frau Cartwright, gestärkt, will ich sehen, ob ich durch Gebuld und demüthige Unterwerfung den Haß besiegen kann, den Madam Love- leß gegen mich gefaßt hat. Ein großer Trost für mich, daß mein vortrefflicher Va- ter mich mehr, als jemals zu lieben scheint.

Frau Cartwright.

Ganz gewiß, und er ist so voll von Ihren Tugenden sowohl, als Ihren Fähig- keiten, daß er von nichts andern spricht, so oft er mich nur sieht.

Miß Loveleß.

Der Gedanke, daß ich ihm gefalle, wird mich schadlos halten, und soll mich beruhi- gen. Ich will Alles thun, was nur in mei- nen Kräften ist, mich ihr gefällig zu ma- chen. — Vielleicht — o vielleicht giebt sie

enblich

endlich nach! Genug! Sie liebet mich —
meine edle Groves liebet mich — alle meine
Lehrerinnen, so wie alle meine Schulgefähr-
dinnen — wenigstens war keine, die mir
vom Gegentheile Beweise gegeben, und
warum sollte Madam Loveleß nicht endlich
erweicht werden?

Frau Cartwrigbt.

Ich will Sie itzt verlassen, liebe Miß.
Vermuthlich ist abgespeiset: denn ich sehe
die Miß Blombergs kommen. — Vielleicht,
wenn Sie mit ihnen allein sind, werden Sie
besser mit ihnen bekannt, und sind gefälliger als vorhin.

Miß Loveleß.

An meiner Bemühung, es gegen sie zu
seyn, soll es nicht fehlen.

Frau Cartwrigbt geht ab.

Miß

Miß Loveleß, Miß Blombergs,
in einiger Entfernung.

Miß Loveleß.

Sieht die Miß Blombergs mit großer Aufmerksamkeit an. Wirklich — sind sie schön geputzt — und die langen Schleppen an ihren
Kleidern geben ihnen ein gewisses Ansehen
— aber über Stock und Stein damit zu
springen, wie ich es könnte — das müssen
sie bleiben lassen.

Miß Blomberg.

Wir kommen, hier auch ein bischen
umher zu spazieren, Miß, und Ihr Papa
sagt uns, daß Sie uns ein wenig die Gelegenheit zeigen würden, wo alle die Spa-
ziergänge hinführen.

Miß Loveleß.
Mit dem größten Vergnügen!

Miß Blomberg.
Ihnen die Wahrheit zu gestehen, so sind
wir, ich und meine Schwester, eben keine große

Be-

Bewunderinnen des Landes.   Am liebsten
wären wir im Zimmer geblieben; es ist mir
schon Angst und bange, daß ich meine neuen
Schuhe werde schmutzig gemacht haben.
(Besieht sie.)

Miß Loveleß.

In der That sind sie zu schön für einen
ländlichen Spatziergang.   Wir wollen es
also versparen, bis Sie einmal schlechter an=
gezogen sind.

Miß Blomberg.

Schlechter? o wir sind niemals schlech=
ter, als itzt angezogen.   Die Mama würde
sich zu Tode ärgern, wenn wir nicht immer
wie sie angekleidet, und unser Anzug nach
der äußersten Mode wäre! Vermuthlich
wird sie bald mit Ihnen darinne eine große
Veränderung vornehmen.

Miß Loveleß.

Ich werde mir in Allem ihre Vorsicht
zum Gesetze dienen lassen, und nie in einem

Anzuge

Anzuge erscheinen, den sie nicht billigen
wird: Doch hoffe ich, daß sie mir dem
ungeachtet das Vergnügen erlauben wird,
in diesen grünen Fluren bisweilen umher zu
streichen, so wie ich in meinem gegenwärtigen Kleide thue.

Miß Amalia.

Ah! Sie sind gewiß nie in London
gewesen, daß Sie vom Vergnügen in diesen
grünen Fluren mit so vieler Empfindung
sprechen? Meine Mama sagt, das Land-
leben sey etwas Ekelhaftes. Den ganzen
Sommer über bringt sie in Bädern zu, vor
Weihnachten zu Bath, und dann bis zum
Frühjahre in dem lieben London.

Miß Blomberg.

O! was ich mich sehne, die Pension zu
verlassen: und vielleicht, da die Mama unsere Lebensart so sehr lobt, wird's bald geschehen. Ich lobe mir Komödien und Opern,
Vauxhall und Ranelaugh!

Miß

Miß Loveleß.

Wie! Sie sind schon überall an diesen Oertern gewesen, und sind noch in der Schule?

Miß Blomberg.

Wahrhaftig, Miß, wie meine Mama sagt, Sie reden abscheulich gemein. Sie sind noch in der Schule — Von Frauenzimmern unsers Gleichen schwatzt man auch von der Schule, warum nicht lieber von der Ruthe?

Miß Loveleß.

Vergeben Sie, Miß Blomberg! meine Absicht war nichts weniger, als Sie zu beleidigen. Mein Erstaunen, daß Sie schon an so vielerley öffentlichen Orten gewesen wären, machte, daß ich blos an mich dachte, die ich mich der Schule nicht schäme.

Miß Amalia.

O! es hat nichts zu sagen, Miß. Juliane denkt freylich, sie ist schon eine große Dame,

Dame', weil ihr die Mama sagt, daß dieß hübsch läßt; was aber die öffentlichen Plätze anbetrifft, so versäumen wir freylich keinen Abend, wenn die Mama in der Stadt ist.

Miß Loveleß.

I, was bleibt Ihnen denn für Zeit zum Lernen übrig? Ich habe selbst außer meinen Schulstunden noch voll auf zu thun.

Miß Blomberg.

Mit Ihrer Schule, Miß! Sie müssen Ihre Erziehung doch nicht mit der unsrigen vergleichen. Denken Sie nur sich und uns. Wir sind sehr reich, und die Mama sagt, daß es nicht der Mühe lohnte, uns die Augen mit Lesen zu verderben, und uns den Kopf mit mehr lernen zu betäuben, als was höchstens zur Mode gehört.— Ich habe aber einen solchen Abscheu davor, daß ich fürchte, Sie wird mich gewiß nicht für klug genug gehalten: denn ich habe mich nie groß mit Musik abgeben können, weil sie

mir

mir viel zu schwer war: eben so wenig hätte mich Jemand zum Französischen bringen sollen, so bald ich nicht hätte schweigen müssen, wenn ich nicht in der Sprache geredet hätte: aber in dem Punkte war mit meiner Guvernante nichts anzufangen, und sie gieng nicht ab., Ob ich nun aber gleich ganz hübsch schwatze, so schreibe ich es doch so wenig, als Griechisch. Tanzen thue ich sehr gut, das wird ihr gefallen: ich lernte es aber blos, weil die Balltage auch Feyertage für uns waren, wir da in größtem Staate erschienen, und die Leute uns immer bewunderten; sonst hätte ich mir eben so wenig damit die Mühe genommen. Was Handarbeiten anbetrifft, so weiß ich wahrlich nicht, wie ich eine Nadel anfassen soll: doch habe ich von einer, die mit in der halben Pension war, eine kleine Stickerey gekauft, die ich für meine eigene ausgeben will; Sie müssen aber davon bey Leibe nichts sagen. Doch, womit haben Sie sich denn auf Ihrer Landschule beschäftiget?

Miß Loveleß.

Man hat uns unsere Muttersprache, so wie auch Französisch lesen und richtig schreiben gelehrt, in allen Arten von gemeiner Nätherey unterrichtet, und dann uns selbst überlassen, was wir von der feinern noch wählen wollten. Sticken that man in dieser Schule vorzüglich schön. Außerdem lernten wir Rechnen, Schreiben, Geschichte und Geographie. Diejenigen, die Fähigkeit besaßen und Geschmack daran fanden, wurden auch in Zeichnen und Malen unterwiesen. Wir lernten auch Tanzen: und wann es verlangt wurde, so war auch ein Italiänischer Sprachmeister da.

Miß Amalia.

Himmel! das ist ja Alles wie Kraut und Rüben durch einander. Je, was thaten

ten Sie denn da, Miß? Denn es ist ja unmöglich, das Alles zu lernen!

Miß Loveleß.

O! es muß wohl möglich seyn, weil viele junge Frauenzimmer in Allem es sehr weit gebracht haben. Musik war vielleicht das schwerste, weil die jungen Frauenzimmer darzu ihre Erholungsstunden anwenden mußten, wenn sie einigen Fortgang darinne machen wollten.

Miß Amalia.

Und da wird wohl gar nichts seyn gelernt worden! Denn Sie haben in Ihrem Verzeichnisse auch keines Musikmeisters erwähnet.

Miß Loveleß.

In der That war man von London zu weit entfernt, als daß meine Aufseherin einen recht guten Meister verschaffen konnte: doch selbst diesen Mangel ersetzte eine der Lehrerinnen, die eine sehr angenehme Stim

 me,

me, und ihren Geschmack in einer Schule
gebildet hatte, worinne sie vormals war erzogen worden. Daselbst hatte man die besten Musik= und Singemeister, und sie hatte
bey der Unterweisung der jungen Frauenzimmer allezeit die Aufsicht gehabt.

Miß Blomberg.

Also glauben Sie wohl gar, daß Ihre
Lehrerin Sie so gut im Singen unterrichten
konnte, als ein Squalini. Wahrhaftig!
man möchte sich über Ihre Einfalt zu Tode
lachen! Ich denke aber, wenn Sie eine
Probe mit Ihrem Singen vor der Mama
machen sollten, würden Sie mir schon anders schwatzen.

Miß Loveleß.

Sie verstehen mich ganz falsch, Ladies,
wenn Sie glauben, ich dächte es Ihnen
hierinne nur im mindesten gleich zu thun.
Ich beantwortete blos Ihre Frage, nach

meiner

meiner geringen Kenntniß, ohne die geringste Absicht, Sie zu beleidigen.

Miß Amalia.

O! Sie wollen mich nicht beleidigen?
Hahaha. Die Mama sagte: es würde für
uns ein großer Vortheil seyn, wenn Sie so
gegen uns abstächen: aber solche abge-
schmackte Einfälle hätten wir uns doch nicht
von Ihnen träumen lassen!— wie heißen Sie
denn, um Vergebung, Miß?

Miß Blomberg.

Ja, Ihr Vorname! das hätte ich bald
vergessen. Man weiß ohnedieß nicht, wenn
man mit Ihnen spricht, wie man Sie nennen soll.

Miß Loveleß.

Maria, nach meiner Großmutter.

Miß Amalia.

Marie! Marie! Hahahaha. Ist das
nicht einer von den Namen, die die Mama

so verabſcheuet, weil er ſo gemein iſt? Nicht wahr, Julchen?

Miß Blomberg.

Ums Himmels willen! nenne mich doch nicht Julchen: es klingt bald ſo gemein, als Marie. Hat darum die Mama ſo lange darüber nachgedacht, wie ſie ſagt, mir einen recht galanten Namen zu geben, wenn du ihn ſo albern abkürzeſt?

Miß Amalia.

Vergieb mir, Juliana. Ich weiß, daß dich die Mama mir vorzieht, weil ſie deinen Namen noch vornehmer findet: aber Maria — den wird ſie nie ausſprechen können. Sie ſagt immer, ſie beurtheilte der Leute ihre Fähigkeiten nach dem Namen, den ſie ihren Kindern gäben.

Miß Loveleß.

Es thut mir leid, daß auch mein Name für Sie ſo beleidigend iſt! Ich bin damit zufrieden.

Miß

Miß Blomberg.

Also ziehen Sie den eleganten Namen Juliana und Amalia Ihrem gemeinen, Maria, noch wohl vor, weil Sie über unſern uns gar nichts ſagen?

Miß Loveleß.

Sie ſind mir ungewöhnlich; alſo — wußte ich darüber nichts zu ſagen. Indeſſen däucht mich, klingt der Name Amalia ſehr ſanft.

Miß Amalia.

Das heißt, Sie ziehn den meinigen meiner Schweſter ihrem noch vor? O das erfreut mich ſo ſehr, daß ich Luſt hätte, Sie dafür zu meiner Freundin zu machen — — Doch, wer kömmt da ſo eilfertig?

Ein Bedienter.

Mein Herr und Madam erwarten Sie im Saale.

Miß

Miß Blomberg.

Wir werden gleich kommen. — Maria, Sie werden meiner Schwester folgen. Die Mama will, daß wir nicht mit einander gehen sollen.

Miß Loveleß.

Ich werde weder über diesen noch über einen andern Punkt mit Ihnen, oder Ihrer Mama streiten, sondern mir alles gefallen lassen.

Gehen ab.

Das Besuchzimmer.

Madam Loveleß. Herr Loveleß.

Madam Loveleß guckt zum Fenster hinaus, stochert sich in Zähnen, und hat ein kleines Fernglas in der Hand, das sie bisweilen vorhält.

Sagen Sie mir doch, Herr Loveleß, wie alt ist Ihre Tochter?

H. Loveleß.

Gerade vierzehn Jahr.

Mad.

Mad, Loveleß.

Sie scheint weit älter zu seyn. Aber sie ist so abscheulich ernsthaft und so überweise, daß nichts aus ihr zu machen ist.

Herr Loveleß.

Ich finde sie gleichwohl sehr liebenswürdig; und bisweilen kann sie so lebhaft seyn, als irgend ein junges Mädchen: aber Sie müssen überlegen, daß sie auch itzt unter lauter fremden Personen ist.

Mad. Loveleß.

Ja wohl, und auch, daß eine Erziehung auf dem Lande allezeit ein schiefes Ansehen giebt. Schicken Sie sie mit meinen Töchtern in die Pension, und sie kann sich da noch etwas feinere Sitten erwerben.

Herr Loveleß.

Maria hat kein großes Vermögen, und ich möchte sie nicht gern über ihre Umstände erziehen. Sie ist daher bey Madam Groves weit besser, als in jeder anderen Schule.

M 5

Prüfen

Prüfen Sie sie nur in Absicht ihrer Kenntnisse, und ich bin überzeugt, Sie werden
mit mir völlig übereinstimmen.

Mad. Loveleß.

Man hat auf dem Lande von dem, was
man gute Eigenschaften nennt, ganz lächer-
liche Begriffe - - - Doch ich höre die jungen Frauenzimmer kommen. Laßen Sie
uns nun den Unterschied zwischen feinen
Weltsitten und einem bäuerischen Wesen
sehen.

Die Vorigen, Miß Blomberg, Miß Amalia, und Miß Loveleß: die ersten geben mit einer steifen Feyerlichkeit voran: die letztere
geht mit einer großen Leichtigkeit und Heiterkeit: verneigt sich und geht auf ihren Vater zu.

Herr Loveleß.

Du bist lange spatzieren gegangen, mein
Kind, bist du brav müde?

Miß Loveleß.

Nicht im geringsten, lieber Papa.

Herr

Herr Loveleß.

Du haſt noch nicht deiner Mama dein Kompliment gemacht, meine liebe Maria!

Mad. Loveleß.

Ich erwarte es nicht von ihr: es würde doch etwas ſchief ausfallen.

Miß Loveleß.

Ich hoffe, Madam, ich werde es nie an meiner ſchuldigen Ehrerbietung fehlen laſſen.

Mad. Loveleß.

Wahrhaftig, das Mädchen kann auch ſprechen! — (Zu ihren Töchtern.) Kommt, Kinder, tanzt mir eine Menuet.

Miß Blomberg.

Wer ſpielt uns denn dazu? — Können Sie ſo Etwas, Maria?

Miß Loveleß.

Wenn Ihnen mein Spielen nicht zu ſchlecht iſt?

Sie ſetzt ſich an den Flügel und ſpielt zu ihrem Tanze.

Mad.

Mad. Loveleß.

Vortrefflich! — Und bey einem solchen elenden Geklimpere!

Herr Loveleß.

Sie nennen das ein elendes Geklimpere! Gleichwohl haben sie alle Kenner hier in der Nachbarschaft mehr als einmal gelobt. Freylich muß man ihr Alter nicht vergessen, und noch weniger, daß sie nur ihre Erholungsstunden darauf verwandt.

Mad. Loveleß.

Meinethalben auch! spielt sie für Sie gut, so kann ich mirs gefallen lassen. Komm, meine liebe Juliane, laß uns einmal hören, was spielen heißt.

Miß Blomberg.

In der That, liebe Mama — bin ich itzt nicht recht dazu aufgelegt: auch bin ganz aus der Uebung.

Mad. Loveleß.

Ich verlange es aber.

Miß

Miß Blomberg setzt sich mit großem Wi-
derwillen an den Flügel, spielt ziemlich
schlecht und sieht sehr mürrisch dabey
aus.

Miß Blomberg.

Wahrhaftig, Mama; es ist mir unmöglich, auf einem fremden Flügel und nach
fremden Noten zu spielen.   Setze du dich
her, Schwester!

Miß Amalia.

Um Vergebung — ich bin voller Ungeduld, Miß Marien singen zu hören.   Wiſ-
sen Sie wohl, liebe Mama,   daß sie sagt,
ihre Lehrerin hätte so gut unterrichtet,   als
es nimmermehr unser Singemeister hätte
thun können.

Mad. Loveleß.

(Spöttisch und verdrüßlich.)   So? das laſſe
ich gelten. Nun, Miß! So laſſen Sie uns
doch hören!

Herr

Herr Loveleß, als er sieht, daß seine
Tochter in großer Verlegenheit ist.

Schäme dich nicht, liebe Maria! Geh an den Flügel, und singe uns eine deiner Lieblingsarien, so gut du kannst.

Miß Loveleß setzt sich, und singt ein Liedchen
auf eine angenehme und gefällige Art.

Mad. Loveleß.

Sie können doch nicht so verschämt seyn, Kind, als ich es glaubte, da Sie vor einer Gesellschaft, so schreyen und quitschen können!

Miß Loveleß.

Ich sang auf Ihren Befehl, Miß Blombergs Verlangen, und meinen Papa zu unterhalten. Wenn ich bey solcher Aufmunterung nicht Ursache zu haben glaubte, mich zu schämen, so verdiente ich wenigstens Vergebung.

Mad. Loveleß.

Ich muß Ihnen sagen, Miß Loveleß, daß ich solcher ungezogener Antworten nicht

gewohnt

gewohnt bin. Ich bitte also, Ihren Unwillen künftig wenigstens in meiner Gegenwart, zurückzuhalten.

> Miß Loveleß geht auf ihren Stuhl, wischt sich die Augen, und setzt sich neben ihrem Vater, der sie sehr liebreich bey der Hand faßt.

Herr Loveleß.

Deine neue Mama kennt dich noch nicht genug, liebes Mädchen. So bald dieß seyn wird, wird sie dein sanftes Herz nicht durch solche unfreundliche Reden kränken. Fasse Muth, und sey versichert, daß ich immer ein zärtlicher und liebreicher Vater gegen dich seyn werde, so lange du ein gehorsames und gutes Kind seyn wirst.

Miß Loveleß.

O! ich will mich bestreben, Alles zu seyn, was die Mama und Sie nur verlangen werden. Glauben Sie, Madam, daß es mir nicht in Sinn kam, unbescheiden zu seyn.

Mad.

Mad. Loveleß.

Ich habe mir es auch wenig zu Herzen
genommen. Aus Achtung für Ihren Vater, will ich mir sogar gefallen laſſen, daß
Sie meine Töchter nach Queen-square begleiten.

Maria geräth in große Beſtürzung.

Herr Loveleß.

Was sagt mein Kind dazu? Haſt du Luſt?

Mad. Loveleß.

O! die wird ſie ſicher nicht haben. —
Nun, Miß?

Miß Loveleß.

Steht es bey mir, Madam, ſo wünſchte
ich wieder in meine alte Penſion zurückzu-
kehren. Meine gütige Gubernante würde
es äußerſt ſchmerzen, und ſie hat ſo viel
Verdienſte um mich . . .

Herr Loveleß.

So ſollſt du auch wieder zur Madam
Groves; ſie iſt eine würdige Frau, und

hät

hat; bey Ausbildung deines Verstandes und
der Erlernung weiblicher Geschicklichkeiten,
auch die moralische Erziehung nicht verab-
säumet. Diesen Nachmittag, Madam, (zur
Madam Loveleß) will ich Marien wieder in ihre
Pension schicken, und wenn sie nie das Glück
haben kann, sich Ihrer Gunst theilhaftig
zu machen, so mag sie zu meiner Schwester
nach Yorkshire gehen. Ihre Entfernung
wird zwar machen, daß Sie und ich öfter
getrennt seyn werden, als ich wünschte:
aber ich will einen Theil meiner Zufrieden-
heit der Einigkeit in meinem Hause aufopfern. Ich werde immer ein zärtlicher
Freund Ihrer Töchter seyn, und wünsche
herzlich, daß ihre Erziehung derselben eben
so zum Vortheil, als Ihnen zum Vergnügen gereichen möge.

Während dieser Rede scheint Maria aufs
lebhafteste gerührt, und drückt oft ihres Vaters Hand. Madam Loveleß
scheint ungeduldig, und bemüht sich,

Herrn Loveleß etlichemal zu unterbrechen.

Mad. Loveleß.

Laſſen Sie uns darüber weiter nicht
ſtreiten. (Er ſteht auf.) Geben Sie mir Ihren Arm, mein Lieber. Ich habe den Coffee
in den Pavillon des Gartens beſtellt. Da
wollen wir ihn in Ruhe einnehmen.— Sie,
Maria, können dann wieder nach ihrer
Schule zurückkehren. In wenig Tagen werde
ich hinkommen, und Sie beſuchen.

> Herr Loveleß ſteht auf und giebt ihr mit
> einer ziemlich finſtern Miene die Hand.
> Die Miß Blombergs fahren bey Ma-
> rien vorbey, und folgen ihm. Miß
> Loveleß trocknet ſich die Augen, und
> ſucht ſich zu faſſen.

Gehn ab.

Ende des zweyten Aufzugs.

Dritter

Dritter Aufzug.

Ein Saal in Madam Groves Hause.

Madam Groves und Miß Tate,
bey einer Schale Thee.

Mad. Groves.

Das Schickſal der guten Loveleß geht mir ſo im Kopfe herum, daß ich nichts anders denken und thun kann.

Miß Tate.

Auch mir liegt ſie äußerſt am Herzen: doch geht der Miß Gower ihre Betrübniß noch weit über die unſrige. Kaum ſollte man eine ſo junge Perſon ſo vieler Zärtlichkeit und Freundſchaft für fähig halten.

Mad. Groves.

Es iſt eine wahre Wolluſt, heut zu Tage zwiſchen zwo jungen Frauenzimmern dergleichen herrſchen zu ſehen: ich wollte darauf wetten, daß dieſe immerdar wahre Freun-

dinnen

dinnen für einander bleiben werden: denn ihre Gemüther stimmen so sehr überein, daß, was eine will, die andere auch will, und ihre Freundschaft sich gewiß erst mit ihrem Leben endigen wird.

Miß Tate.

Mit Vergnügen sehe ich ihren Fortgang in jeder weiblichen Tugend. Dächten junge Mädchen nach, wie weit Herzensgüte allem äußern Glanze und Geschwätz ohne Sinn und Verstand vorzuziehen ist, gewiß würden sie alle Modethorheiten verlachen, und nach weit wesentlichern Vollkommenheiten streben.

Mad. Groves.

Ihre Bemerkung, Miß Tate, ist sehr richtig. In meinen Augen ist kein mitleidenswürdiger Geschöpf, als junge Frauenzimmer, deren Mütter ihr ganzes Glück auf den äußern Tand und Putz einschränken. Es ist wahr, die Kinder sind einige Jahre lang

lang von der Theilnehmung an ihren Vergnügungen ausgeschlossen: wo aber Vater
und Mutter sich diesen zu sehr überlassen,
so wird alles bis auf den Dienstboten im
Hause davon angesteckt; und lauter solche
Gedanken ihren Gemüthern, selbst von dem
ersten Hauche ihres Lebens an, eingeflößt.
So vorbereitet, können sie es kaum erwarten,
bis sie groß werden, um in jede Scene der
Zerstreuung eingeführt zu werden. Ohne
an einen andern Zweck ihres Daseyns und
ihrer Bestimmung zu denken, messen sie das
ganze Glück des Lebens nur nach der Zeit
ab, die sie allen möglichen Arten von rau-
schenden Vergnügungen aufopfern.

Miß Tate.

Und wir erfahren es dann leider, Madam, was das für Weiber und Mütter werden! Darf man sich wundern, wenn, wo
ein solcher Grund gelegt ist, alle Bemühungen

gen auch der besten Erzieherin nicht im Stande sind, dergleichen Vorurtheile zu überwinden, die mit der Muttermilch eingesogen, mit
ihrem Wachsthum gepflegt und genährt, und
ganz in ihre Natur verwebt worden? Wir,
die wir so verschiedene junge Mädchen unter
unserer Aufsicht haben, sehen den Vortheil
der Kinder nur zu gut ein, die gute, und
für ihre Kinder, von der Geburt an, sorg-
same Mütter hatten. Wie zeichnet sich nicht
ihr Charakter aus! Wir erfahren es an der
Miß Rawlins, wie die gegen die andern
absticht! Ihre Mutter war galant, gedan-
kenlos, und der Zerstreuung ganz ergeben.
Sie war zwar in ihr Kind verliebt: aber
auf die ihr eigene Art. Schon im dritten
Jahre ward sie in alle Gesellschaften mit
umher geschleppt, und gelehrt, von allem
in Tag hinein zu schwatzen, was ihr nur
einfiel. Die unglückliche gedankenlose Madam Rawlins verlor bald ein Leben, für

das

das sie so wenig gesorgt hatte, und ward
ein Opfer der Modethorheiten. Herr Rawlins heurathete wieder eine sehr würdige
Frau, aber sie konnte die unglücklichen Vorurtheile des hartnäckigen Geschöpfes nicht
bändigen. Guten Rath ihrer Mutter schreyt
sie für Bosheit aus, und moralische Recht-
schaffenheit für Albernheit. Was für ein
Unterschied zwischen der liebenswürdigen
Madam Loveleß! Diese beyden Damen
haben ihre beyderseitigen Charaktere ganz
ihren Kindern eingedrückt hinterlassen, und
könnten sie sehen, was in der Welt vorgeht,
wie würde sich die eine Mutter der Tugenden freuen, die durch ihre Aufmerksamkeit
aufgekeimt sind, wie sehr die andere es bereuen, daß itzt weder Vorstellung, noch Güte,
noch Züchtigung die unglücklichen Vorurtheile wieder auszurotten vermögen, die sie
ihrer Tochter eingeflöset hat!

 Mad.

Mad. Groves.

Auch Madam Gower giebt mir ein edles Beyspiel. In dem Frühlinge ihres Lebens entsaget sie allen Ergötzlichkeiten, außer denen, die sie mit ihren Kindern theilen kann. Sie unterrichtet sie selbst in Allem, und wendet also die Talente, die ihr Vater in ihr auf eine ungewöhnliche Weise auszubilden suchte, zu den nützlichsten und besten Absichten an. Sie war ein einziges Kind, und hatte ein großes Vermögen. Da sie aber von einer zahlreichen Familie gesegnet ward, und ihres Mannes Glücksumstände während des Amerikanischen Krieges sehr zurück kamen, schaffte er auf ihr dringendes Bitten seine Equipage ab, gab sein Haus in der Stadt auf, und nun leben sie beyde das ganze Jahr über auf dem Lande. Den ganzen Tag über beschäftiget sie sich mit häuslichen Angelegenheiten, und den Abend bringt sie in unschuldigen Ergötzlichkeiten

mit

mit ihren Kindern zu, die sie auf alle Weise befördert; ja ich habe sie selbst sagen hören, daß sie sich glücklicher und beneidenswürdiger fühlt, wenn sie ihre Kinder im Tanze aufführet, als da sie das erstemal am Hofe, mit allem Pompe des weiblichen Putzes, und ganz von Juwelen glänzend, erschien.

Miß Tate.

Ich wundere mich, Madam, daß sie sich von unserm süßen Zögling hat losreißen können: denn sie war schon so abgerichtet, daß sie ihrer Mutter Beystand und große Freude war.

Mad. Groves.

In der That war ihr Entschluß, sie in meine Schule zu schicken, ein großes Kompliment für mich, und ich verdankte es einer langen Bekanntschaft und einer außerordentlich guten Meynung, die sie von mir seit vielen Jahren gehabt hatte. Aber selbst diese würden sie vielleicht noch nicht bewogen haben,

wenn

wenn ſie nicht, aus zärtlicher Achtung für
Miß Loveleß, dieſer ihrem Bitten nachge-
geben hätte. Dieſe und Miß Groves waren, von ihrer Kindheit an, in der genau-
ſten Freundſchaft zuſammen erzogen, von
denen ihnen ihre Mütter das Beyſpiel ga-
ben. Als nun Madam Loveleß ſtarb, bat
ſie ihre Freundin, daß die liebenswürdigen
Mädchen ſo wenig, als möglich, möchten getrennt werden. So bald es nun Herr Loveleß nöthig fand, Marien in eine Penſion
zu thun, empfahl ihm Madam Gower die
meinige, und ſie wurden einig, daß ihre
Kinder beyſammen bleiben ſollten — Doch
dieſe Materie hat uns ſo weit geführet, daß
wir ganz die Zeit darüber vergeſſen haben.
Klingeln Sie einmal, Miß Tate, damit
der Thee weggenommen wird. Sie müſſen
in die Schulſtube gehen. — Schicken Sie
mir die Miß Gower her; ſie mag dieſen
Abend bey mir zubringen. Ich muß ſuchen,

ſie

sie zu zerstreuen, und ihr zugleich eine kleine
Lehre zu geben, daß man sich solche Begebenheiten nicht zu sehr müsse niederschlagen
lassen, da Trennungen und fehlgeschlagene
Hoffnungen das gemeine Loos dieses Pilger-
lebens sind.

Miß Tate klingelt und geht ab: Ein Bedienter kömmt und räumt ab.

Madam Groves, Miß Gower, die sich
verneigt, und sich ihrer Aufseherin nähert.

Mad. Groves nimmt sie freundlich bey
der Hand.

Ich bin im Begriff, in Garten zu gehen,
und unsere Rosenstöcke auszuputzen; wollen
Sie mir Gesellschaft leisten?

Miß Gower.

Sehr gern; wenn Sie mir es erlauben,
Madam.

Mad. Groves.

Ziehen Sie Ihren Oberrock an, und
wir wollen es unverzüglich thun. — Doch,

es

es ist mir, als ob eine Kutsche auf unser Haus zuführe. Sehn Sie doch nach, Miß!

Miß Gower geht ans Fenster.

(Erstaunt.) Ja, wahrhaftig, Madam; und es ist dieselbige, die diesen Morgen Miß Loveleß abgeholt hat. Sehen Sie nur selbst! (Voller Unruhe.)

Mad. Groves.

(Ebenfalls voller Verwunderung.) Wahrhaftig! was muß das bedeuten?

Miß Gower.

Vielleicht hat Miß Loveleß die Erlaubniß erhalten, mich abzuholen. Sie versprach, daß sie ihre neue Mama darum bitten wollte, wenn sie von ihr gütig aufgenommen würde.

Mad. Groves.

Es wird sich bald zeigen: denn der Wagen hält. Es war mir, als ob ich Miß Loveleß drinne sähe — die Frau Cartwright

konnte

kannte ich wenigstens ganz deutlich unterscheiden.

Miß Gower.

Wie neugierig bin ich zu erfahren, wie
die Aufnahme meiner lieben Maria gewesen!
Doch, die kann nicht anders, als gut gewesen seyn. Ihr sanftes Wesen, dächte ich,
müßte eine Wilde schmelzen.

Die Thüre wird geöffnet. Miß **Loveleß** kömmt
hineingelaufen, schlägt ihre Arme um ihrer Guvernante Hals, und bricht in Thränen aus. Frau
Cartwright folgt, und scheint sehr niedergeschlagen. **Madam Groves, Miß
Gower.**

Mad. Groves.

Meine liebste Miß Loveleß! Wie freut
ich mich, Sie wieder zu sehen. = = = Aber
freylich — sagen mir diese Thränen nichts
Gutes. Fassen Sie sich nur, ich bitte Sie.

Es

Es soll gleich Thee gebracht werden: der wird Ihnen heilsam seyn.

Miß Loveleß.

Nein, meine liebste Madam Groves! Ich habe nur erst vor meiner Abreise Caffee bey meinem Vater getrunken. Itzt kann ich nichts als — Weinen. O Sie glauben nicht, wie ich unglücklich bin!

Miß Gower weinend.

Maria! meine liebste Maria! O weinen Sie nicht so! Ganz gewiß wird Sie Ihre Mama bey uns lassen, und da — sollen Sie gewiß nicht unglücklich seyn.

Miß Loveleß umart Miß Gower.

Sie sind die Güte selbst, meine beste Lucie! Aber wie kann ich glücklich seyn, da ich eine Mutter habe, die mich haßt!

Mad. Groves.

Der Ausdruck ist ein wenig zu hart, liebes Mädchen! man ist deswegen nicht gleich unglücklich, wenn nicht alle unsere

Wünsche

Wünsche erfüllt werden. Aus dem Bösen entspringt oft Gutes, und diese kleine Prüfung wird vielleicht eine Quelle eines künftigen Glücks.

Miß Loveleß.

Man muß freylich in der Welt lernen, meine liebe Gouvernante: aber das ist noch der schwerste Stand in meinem Leben gewesen. Unter Ihrer Aufsicht hoffe ich mein Gemüthe zu beruhigen: Sie müssen mir aber zugeben, daß ich sehr unglücklich bin, eine Mutter zu haben, die mich verachtet, und mich auf alle ersinnliche Art bemüthiget.

Mad. Groves.

Ihre Prüfung ist von sehr kurzer Dauer gewesen, und, ob Sie sich gleich dießmal in Ihren Erwartungen hintergangen gesehen, so laßen Sie deswegen den Muth nicht sinken. Die Zeit ändert oft viel, verlaßen Sie sich auf derselben mildernde Hand: vielleicht krönt noch die Bemühung, Ihrer

Mutter

Mutter Vorurtheile zu besiegen, worinne Sie nie nachlassen müssen, einst der glücklichste Erfolg.

Miß Loveleß.

O Madam! gern wollte ich alles thun, worinne ich ihr gefällig seyn könnte: aber was sie für Vollkommenheit hält, bin ich gelehrt worden, für Fehler zu halten. Wie darf ich mir also schmeicheln, daß mich die Zeit ihr gefälliger machen wird!

Mad. Groves.

Liebe Frau Cartwright, Setze Sie sich doch: beynahe habe ich Sie in der Angst über unsere Miß Loveleß ganz vergessen. Kommen Sie, meine junge Freundinnen, wir wollen uns alle zusammen setzen: vielleicht, wenn wir den Ursachen Ihrer so grossen Niedergeschlagenheit nachdenken, läßt sie sich am ersten heben.

Frau

Frau Cartwright.

Wie freue ich mich, daß meine liebe junge Miß wieder in so guten Hånden ist! In der That hat sie einen traurigen Tag gehabt: und man sollte wirklich glauben, Ihre Mama håtte keinen andern Gedanken, als sich und ihre Töchter.

Mad. Groves.

Es thut mir leid, Frau Cartwright, daß auch Sie diese traurigen Nachrichten bestätiget. Indessen gebe ich noch nicht alle Hoffnung auf. Ich habe viele Stiefmüt= ter gekannt, die durch das ehrerbietige Betragen ihrer Stiefkinder so weit gebracht worden, daß sie noch für sie die zårtlich= sten und sorgsamsten Mütter geworden. Warum sollte meine liebenswürdige Maria verzweifeln, wenn sie alle die gefälligen Ei= genschaften, die sie von der Natur erhalten, zu diesem löblichen Zwecke anwendet?

Miß Gower.

O Madam, Sie erheben immer nieder-
geschlagene Gemüther durch Ihre weisen
Vorstellungen! Beynahe könnte ich meine
Freundin bereden,. allen Kummer zu vergessen, und sich wieder in ein heiteres Lächeln
mit uns zu vereinen.

Miß Loveleß.

Ich wünschte, die unfreundliche Behandlung, die ich heute erfahren, so geschwind vergessen zu können. Cartwright
aber weiß alles, was ich erlitten. Nicht
genug, daß mir meine Mutter im Anfange
verächtlich begegnete — bis auf den letzten
Augenblick, da sie doch wußte, daß ich
wieder nach meiner Pension zurück gieng,
war sie grausam gegen mich, und, auch ihre
Töchter — wie wenig Ihnen, meine Lucie,
ähnlich! — sahen mich blos mit spöttischen
Mienen an, und fanden an mir alles ta-
delnswürdig.

Mad.

Mad. Groves.

Ich räume Ihnen ein, daß dieß eine unangenehme Lage ist, und daß Ihr ganzer guter Verstand dazu gehöret, sich darunter ruhig zu erhalten; aber, es ist keine Schwierigkeit in der Welt, die nicht durch Geduld und Beharrlichkeit könnte überwunden werden. Ich hatte vormals auch ein junges Frauenzimmer unter meiner Aufsicht, die ein gleiches Schicksal mit dem Ihrigen hatte. Ihre Stiefmutter hielt sie so lange in der Schule von sich entfernt, als es nur möglich war; und, als sich solches wegen der nachtheiligen Urtheile der Welt nicht länger wollte thun lassen, und sie dieselbe nach Hause nehmen mußte, ließ sie ihr jede Art von Demüthigung wiederfahren. Ja, sie war damit noch nicht zufrieden, sondern ließ sie selbst von ihren Töchtern übel behandeln, die mit ihr schlimmer, als mit ihrer Magd umgiengen. Um ihres Vaters willen ertrug

sie

sie alles, ohne eine mürrische Klage. Endlich
schickte Gott ihrer Mutter eine schwere Krankheit zu. Ihre Stieftochter verließ ihr Bette
nicht, gab ihr alle Arzneyen ein, besorgte
alles für sie, und suchte sie auf das bestmög-
lichste zu unterhalten. Eines Tages, da sie
glaubte, ihre Mutter schlief, schlich sie sich
ins nächste Zimmer, wo ihre Schwestern einen abscheulichen Lärmen machten, und bat
sie auf das flehentlichste, stille zu seyn, und
zu überlegen, daß ihrer Mutter Leben von der
Ruhe abhieng, die sie genoß. Aber alle ihr
Bitten war vergebens; sie spotteten ihrer nicht
nur, sondern schlugen sie sogar; sie ertrug
es geduldig, gieng ganz leise wieder zurück,
schloß die Thüre ab, und setzte sich an ihrer
Mutter Bette. Diese, hatte alles was vor-
gieng, gehört. Von ihrem liebenswürdigen
Betragen aufs innigste gerührt, zog sie bey
ihrer Rückkunft den Vorhang zurück, nahm
sie bey der Hand, und bat sie tausendmal

wegen

wegen ihres grausamen Verfahrens um Vergebung, mit dem Versprechen, ihr, wenn
sie wieder genesen sollte, alle nur mögliche Vergütung zu verschaffen. Dieß Versprechen erfüllte sie auch aufs getreuste, und
die gute Tochter ärndet nunmehro die Früchte ihrer Geduld und Standhaftigkeit ein.

Miß Loveleß.

Eine so angenehme Geschichte wird mich
wenigstens zum Nacheifer ermuntern. Die
Wahrheit zu gestehen, habe ich mich freylich in meiner Erwartung aufs traurigste
hintergangen gesehen: indessen weiß ich nur
zu wohl, daß es mir nicht anstehen würde,
etwas Unschickliches in meines Vaters Gattin zu finden: ich will daher auch von nun
an ihr unfreundliches Verfahren zu vergessen
suchen, und außer dieser Gesellschaft dessen
mit keinem Worte erwähnen. Ja, dieß will
ich mir zur größten Pflicht machen: und

so

so viel werde ich doch wenigſtens zu thun
vermögend ſeyn.

Mad. Groves.

Dieſer Entſchluß macht Ihnen Ehre,
meine liebe Miß Loveleß. Wir müſſen erſt
ſelbſt vollkommen ſeyn, ehe wir andre richten wollen. Spielet nicht mit dem Charakter eurer Aeltern: es iſt in euern Händen ein anvertrautes heiliges Pfand, und
es würde Verrätherey ſeyn, es von einer
andern, als der beſten Seite zu zeigen.
Miß Rawlins wird mir freylich ſagen, daß
eine Stiefmutter keine wahre Mutter iſt:
ich bin aber der Meynung nicht, und glaube, diejenige Perſon, die ein Vater zu ſeiner
Gattin wählet, hat einen gerechten Anſpruch
auf jede Art kindlicher Pflicht, die eine
wahre Mutter nur fodern kann: ja, es iſt
zu vermuthen, daß ein Kind, das ſich un-
gebührlich gegen eine Stiefmutter beträgt,

ſich

sich noch weit schlechter gegen ihre eigne Mutter betragen würde.

Miß Loveleß.

Gewiß werde ich Ihren Vorschriften, meine beste Gouvernante, in Allem folgen; und da mich jeder Augenblick von der Wahrheit Ihrer Bemerkungen überzeugt, so würde ich undankbar seyn, wenn ich mich meinem Schmerze länger überlaßen wollte. Ihre Erzählung hat mich mit Hoffnung erfüllt, und mein Vater mir die theure Versicherung gegeben, daß er mich glücklich machen würde. Ja, gute Cartwright, ich fange schon an, wieder Muth zu bekommen.

Frau Cartwright.

Es erfreut mich gar sehr, liebe Miß! Sie müssen freylich überlegen, daß es viele Menschen giebt, die noch weit mehr Noth, ohne alle die Vortheile haben, deren Sie genießen — doch ich muß Sie nunmehr verlaßen: denn ich wüßte nicht, wie mirs

gehen

gehen würde, wenn ich nicht zu gehöriger
Zeit für das Abendessen sorgte, ob gleich
dieß nicht vor Abends 10 Uhr geschicht.
Ich gehe indessen ruhig fort, da ich Sie
unter so würdigen Freunden zurück lasse.
Nur noch eine zärtliche Umarmung, mein
liebstes, bestes Kind! Seyn Sie so glücklich, als möglich, und fassen Sie Muth:
wenn es auch nicht Ihren Kummer ganz
hebt, so wird es ihn doch sehr erleichtern.

Es wird an der Thüre gepocht.

Mad. Groves.

Nun? ein Besuch um diese Zeit ist mir
doch etwas ungewöhnliches! Geht, meine
liebsten Kinder; es ist bald die Zeit der Bet-
stunde, und Miß Tate wird sie mit euch
halten.

Indem sie aufstehen und fortgehen wol-
len, tritt Herr Loveleß hinein. Seine
Tochter fährt voller Erstaunen zusam-
men.

Die

Die Vorigen.   Herr Loveleß.

Herr Loveleß.

Erschrick nur nicht, meine liebe Maria, daß du mich hier siehst! Ich komme dir Vergnügen zu machen. Er nimmt sie bey der Hand, führt sie an ihren Stuhl, und setzt sich neben sie. Erlauben Sie, Madam Groves — wie gehts, meine süße, kleine Lucie? — Zur Cartwright, die aufstehen will. Bleib Sie, Cartwright. Der Reutknecht soll meine Pferde wieder zurück bringen, und ich will mit ihr im Wagen nach Hause fahren.

Miß Loveleß.

O! liebster Papa, wie hätte ich glauben können, daß ich Sie den Abend noch sehen sollte. Die Abendluft hat Ihnen doch nicht geschadet?

Herr Loveleß.

Ich bin nicht viel weiter geritten, als ich jeden schönen Abend zu thun pflege. Wäre es aber auch, glaubst du wohl, daß

O 5

ich

ich) Ruhe haben könnte, liebstes Kind, ehe
ich) deine Unruhe gehoben sähe? Ich sah,
als du mich verließest, deinen Kummer auf
deinem Gesichte, und komme, nochmals dir
einigen Trost zuzusprechen. Verlaß dich auf
die Zusage, eines zärtlichen Vaters, und
glaube, daß, so lange ich) athmen kann, ich)
dich) so glücklich machen werde, als mir nur
möglich ist.

Miß Loveleß wirft ihre Arme um ihres Vaters Hals.

Mein liebster — mein unvergleicher Vater! Wie soll ich) Ihnen für diese Güte danken! Alles, Alles will ich) thun, was Sie
nur von mir verlangen, und so glücklich zu
seyn, mich) bemühen, als ich) es nur seyn
kann.

Herr Loveleß.

Dieser Vorsatz, meine liebe Maria, ist
deiner würdig. — Madam Groves, ich)
spreche ohne Zurückhaltung vor Ihnen:

Die

Die Zärtlichkeit und Sorge, die Sie stets
für meine Tochter geäußert haben, verdienet meinen wärmsten Dank, mein innigstes
Vertrauen. Maria soll nie durch eine meiner Handlungen unglücklich gemacht werden, nie eine unangenehme Heimath finden.
Ihre Tante, eine sehr würdige Frau, wird
sich freuen, für sie eine Mutter zu seyn.
Es war ihr Wunsch, als Maria die ihrige
verlor: aber ich wußte, daß ihre Zärtlichkeit für ihre Nichte so weit gehen würde,
daß sie sie von der Erlernung selbst der nö-
thigsten Dinge würde abgehalten haben.
So bald sie mit diesen fertig sind, Madam,
soll meiner Schwester ein Genüge geschehen,
und sie das Glück haben, ihre liebe Maria
bey sich zu sehen.

Mad. Groves.

Ihre liebesvolle Aufmerksamkeit muß
das Herz Ihrer guten Tochter mit Friede
und Freude erfüllen. Sie ist bisher Alles
gewesen,

gewesen, was wir nur wünschen konnten, und ich zweifle nicht, daß sie in Kurzem in jedem Theile der Erziehung so geschickt seyn wird, daß sie zu ihrer verehrungswürdigen Tante mit Zuversicht gehen kann.

Miß Loveleß.

Wie undankbar müßte ich nicht seyn, wenn ich nicht alle Kräfte anstrengte, einem solchen Vater zu gefallen! Ja gewiß, lieber Papa, nie will ich Sie vorsetzlich beleidigen, noch der mannichfaltigen Wohlthaten vergessen, mit der mich Ihre Güte überhäuft hat.

Herr Loveleß.

Ich erwarte von deiner edlen Denkungsart Alles: nur wünsche ich, daß du auch aus andern Gründen, als blos auf meine Versicherung dein Gemüthe beruhigen möchtest. Du bist nun in dem Alter, wo man die Dinge zu unterscheiden anfängt,

und

und hast auch Verstand genug dazu. Bis
hieher hast du nur Ein Unglück erfahren,
zwar in der That ein großes, das du hoffentlich nie vergessen wirst. Der Verlust
einer guten und zärtlichen Mutter ist schwer
zu ersetzen. Aber, wie viel Erleichterun-
gen hast du Gott zu verdanken! — Diese
theure Mutter lebte noch lange genug, dein
junges Herz zu bilden, und deinem Verstande eine gute Richtung zu geben. Du
känntest und fühltest ihren Werth, und
fühltest, daß, wenn du sie in Allem nachahmen könntest, du die höchste Vollkommenheit der weiblichen Tugend erreichen
würdest. Schon diese einzige Betrachtung
muß jeden kleinen Kummer bey dir überwie-
gen, da du weißt, daß kein Mensch, wes
Standes er auch seyn mag, von den Ungemächlichkeiten des menschlichen Lebens ganz
ausgenommen ist.

Mad.

Mad. Groves.

Ich stehe für Miß Loveleß, Sir, daß sie, Ihrem weisen Rathe zu folgen, sich äußerst wird angelegen seyn lassen. Schon ehe Sie kamen, hat sie ähnliche Gesinnungen gegen mich geäußert; wie wenig dürfen wir also zweifeln, daß sie dabey nicht beharren sollte, da sie sowohl sich, als ihre Freunde dadurch glücklich machen wird.

Miß Loveleß.

In der That, Madam, werde ich Alles thun, um Ihnen gefällig zu seyn. Sollte ich aber meines Versprechens ja vergessen, so wird ein liebreiches Wort von Ihnen mich sogleich zu meiner Pflicht zurück führen.

Herr Loveleß.

Noch muß ich dir Etwas von deinen neuen Schwestern sagen, ob ich gleich, da ich ihr Vater geworden bin, nicht gesonnen bin, wenn ich auch ihre Denkungsart nicht sollte ändern können, ihre Thorheiten be-

kannt

kannt zu machen. Sie verdienen Mitleid, weil sie nichts bessers gelehrt worden, und selbst die Aufmerksamkeit und Sorgfalt, die man für sie in einer unserer besten Schulen gehabt, sie nicht von ihren verkehrten Gedanken zurückbringen konnte. Die Ausbildung geschmackvoller Talente, die sonst hier so leicht erhalten wird, hat sie blos zu mehrern Irrthümern verleitet, indem sie ihren Stolz vermehret, ohne ihre Kenntnisse zu vermehren, und Madam Trusty, voller Unwillen, Zöglinge zu haben, die sie nicht umschmelzen konnte, hat ihre Aufnahme in einem Briefe an mich verbeten, und mich ersuchet, daß ich es ihrer Mutter erklären möchte. Du siehst daraus, meine liebe Maria, daß Unwissenheit und Stolz ihre eigne Strafe mit sich führen. Ich fürchte indessen, daß diese einleuchtende Probe die unglücklichen Mädchen nicht klüger machen, und zu weiter nichts dienen wird, als die

gute

gute Frau zu verachten, die so ehrlich handeln kann.

Miß Gower.

O! wie würde ich mich schämen, wenn
meine Gouvernante mich nicht wieder in ihre
Schule aufnehmen wollte! Aber, so lange
ich es Ihnen nachthun werde, meine liebe
Maria, so wird mir das Unglück nicht wiederfahren.

Mad. Groves.

Nein, meine Lieben. Ich danke Gott,
daß ich in Ansehung Ihrer nie in eine so
unangenehme Verlegenheit kommen werde:
aber ich fürchte gar sehr, daß ich Miß
Rawlins werde fortschicken müssen. Sie
ist unverbesserlich, und so weh es mir auch
thun wird, daß ich ihre brave Stiefmutter
so kränken soll, so laufe ich doch wegen des
übeln Beyspiels, das sie meinen andern
Schülerinnen geben möchte, zu viel Gefahr.

Herr

Herr Loveleß.

Schade, daß sich unter Ihren jungen Frauenzimmern eine so übelgesinnte Person findet: denn — leider! pflegen immer Kinder den übeln Beyspielen mehr, als den guten zu folgen. Nun habe ich Ihr noch Etwas zu sagen, Frau Cartwright; — (Sie steht ehrerbietig auf.) Setze Sie sich. Ich sehe Sie als eine Freundin vom Hause an, und weiß gewiß, meine selige Frau würde es bejammern, wenn sie Sie in ihrer gegenwärtigen Lage wissen sollte. Durch diese Handschrift, die ich Sie anzunehmen ersuche, habe ich Ihr Lebenslang einen jährlichen Gehalt von 50 Pfund ausgesetzt, und Madam Groves wird die Güte haben, solches zu bezeugen.

Frau Cartwright.

O Sir! wie soll ich Ihnen meinen Dank ausdrücken!

Miß Loveleß.

(Mit großer Freude.) Tausend Dank, lieb=
ster Papa! tausend Dank!— Viel Glücks,
meine gute Cartwright, meine zwote Mutter!

Herr Loveleß.

O! ich weiß, daß dieß kleine Geschenk
weder Ihren Verdiensten noch Ihren Be=
dürfnissen angemessen ist. Aber meine Um=
stände erlauben mir für itzt nicht mehr.
Sie wird so gut seyn, und ihre Stelle so
lange bey mir verwalten, als wir auf dem
Lande bleiben werden. Dieß möchte aber
so gar lange nicht dauern. Meine Frau
hat an der Einsamkeit keinen Gefallen, und
es ist ungewiß, ob sie jemals wieder hieher
kommen möchte. Will Sie indessen die
Aufsicht über mein Haus hier auf dem Lande
fortbehalten, so wird es mir lieb seyn.

Frau Cartwright.

Ganz gewiß; für Sie werde ich Alles thun,
was Sie nur wünschen können. In der
Th a t

That würde ich mich zu Tode kränken, wenn ich Sie und meine liebe junge Miß, so lang ich lebe, verlaſſen ſollte.

Herr Loveleß.

So bleibe Sie denn, ſo lange Sie lebet, bey uns. Meine Marie ſoll künftig Ihre einzige Herrſchaft, und zwar nur in ſo weit ſeyn, daß Sie Ihr Ihre Tage recht glücklich und ruhig zu machen ſuchet.

Frau Cartwright.

O! hätte ich geglaubt, nach dem Kummer über meine liebe ſelige Frau, der mir beynahe das Leben gekoſtet, noch ſo viele Freude zu erleben? Wahrhaftig, der Unglückliche darf doch niemals verzweifeln, da immer aus dem Böſen wieder Gutes entſpringt.

Herr Loveleß.

Gut, meine würdige Freundin, wir wollen einander oft ſehen, und wenn ich auf Ein oder Zwey Tage zu Ihr komme,

 wollen

wollen wir uns auf das angenehmste der Geschichte der vorigen Zeiten erinnern. Mein liebstes Kind wird mich oft hieher ziehen: dann will ich bey euch beyden, aller Unruhen meines Lebens vergessen.

Miß Loveleß.

Ach, wie wird mich verlangen, Sie bald wieder zu sehen, bester Papa! Ich habe Ihrer schon so lange entbehren müssen.

Herr Loveleß.

Ich verstehe dich, meine Liebe. Nun gewiß, und vielleicht in vierzehn Tagen bin ich wieder hier, und erlaubt es deine liebe Gouvernante, so sollst du und meine kleine Lucie dann eine Woche bey mir zubringen: vermuthlich wird die Frau Cartwright darüber sehr böse seyn.

Frau Cartwright.

Ich fürchte nicht, lieber Herr! Das Vergnügen, Sie und Ihre lieben Kinder zu sehen, wird mich ganz wieder jung machen.

Herr

Herr Loveleß sieht nach der Uhr.

Es ist Zeit, meine Kinder, daß wir gehen. — Sieh nicht so traurig, liebe Maria! Ich möchte gern das Vergnügen mitnehmen, dich mit einem heitern, lächelnden Gesichte zu verlassen. Meine ganze Glückseligkeit hängt von dir ab: bist du zufrieden, so wird auch mein Herz ruhig seyn.

Miß Loveleß.

In der That, unvergleichlicher Papa, ich bin glücklich, höchst glücklich! Ich will nichts thun, als ein ganzes Weilchen lachen. Versichern Sie die Mama meiner Ehrerbietung, und meine Schwestern meiner Ergebenheit. Ich will die Hoffnung nicht aufgeben, daß sie mich einstens noch lieben sollen. So viel ich auch für meine gute Tante Zärtlichkeit habe, will ich Sie doch nicht verlassen, und bey meiner Stiefmutter so lange aushalten, bis erst alle meine

 Be-

Bemühungen, ihr und der ihrigen Herzen zu gewinnen, fruchtlos seyn werden.

Herr Loveleß.

Theures, liebenswürdiges Mädchen! O! daß deine edlen, tugendhaften Gesinnungen ihre gerechte Belohnung finden möchten! Sey versichert, daß ich Alles sagen werde, was in der Sache schicklich ist. Diese deine Aufmerksamkeit macht dich mir werther, als jemals. Gott segne dich. (Er umarmt sie mit großer Zärtlichkeit, und küßt Lucien.) Ihren Aeltern, Schwestern und Brüdern, meine liebe Lucie, werde ich die angenehmsten Nachrichten von Ihnen überbringen. — Lebe wohl! Laß dir nicht zu viel von den Tagen träumen, die wir mit einander zubringen werden. — Sie, Madam Groves, sind von meiner ganzen Dankbarkeit und Hochachtung überzeugt. Sämmtlich wünsche ich Ihnen eine gute Nacht. — Komme Sie, Frau Cartwright! —

Geht ab.

Frau

Fraů Cartwright.

Nur noch einen Kuß, meine liebe Miß Loveleß. — Leben Sie wohl, beſtes Mäd=
chen — und auch Sie, meine ſüße Miß Gower! (Küßt ſie beyde.) Gute Nacht, Madam Groves!

Geht ſchnell ab.

Madam Groves, Miß Loveleß, Miß Gower.

Mad. Groves.

Ich denke, meine guten Kinder, wir haben Urſache, nun recht vergnügt zu ſeyn. Sie haben einen ſo vortrefflichen Vater, Miß Loveleß, daß Sie lebenslang nicht unglück=
lich ſeyn können. Gehen Sie in den klei=
nen Saal, wo wir zuſammen ſpeiſen, und über die Begebenheiten dieſes Tages noch ein wenig mit einander ſchwatzen wollen. Ich werde Ihnen bey dieſer Gelegenheit noch einige kleine Geſchichtchen erzählen, die, wie ich mir ſchmeichle, Sie in der Hoffnung

beſe=

befestigen sollen, daß Sie noch ins künftige
die Gewogenheit der Madam Loveleß und ihrer Töchter werden gewinnen können. Ich für
meinen Theil bin wenigstens vollkommen
überzeugt, daß, wann Uneinigkeiten in zusammen gebrachten Familien einreißen, es
gewöhnlich auf beyden Seiten Fehler giebt,
und daß, wenn man nur von Einer Seite
Verstand und Geschmeidigkeit genug hat,
nachzugeben, man endlich gewiß, Bösartigkeit und Vorurtheile zu besiegen, vermögend ist.

Sie gehen durch verschiedene Thüren ab,

Der Vorhang fällt.

Die

Die
Sinnesänderung
ein Drama
in
drey Aufzügen.

Personen des Drama.

Mistreß Sutton.

Miß Sutton.

Miß Fanny Sutton.

Herr Loveleß.

Mistreß Loveleß.

Miß Loveleß.

Miß Blomberg.

Miß Amalie Blomberg.

Mistreß Benfield.

Doctor Burgeß.

Kinderwärterin, Bediente.

Die
Sinnesänderung
ein Drama
in drey Aufzügen.

***

Erster Aufzug.

Stellt einen Saal vor.

Miß Loveleß und **Miß Sutton** sitzen
an einem Tische und arbeiten.

Miß Sutton.

Ah, liebste Maria! wie vergnügt ist mein
Leben bisher gewesen! Eine unver-
änderlich liebreiche Stiefmutter, die der besten, zärtlichsten wahren Mutter gefolgt
ist, und nun — seit einiger Zeit die bestän-
dige Gesellschaft meiner theuersten Freundin,

deren

deren liebenswürdige Eigenschaften sie jedem
Herzen werth machen.

Miß Loveleß.

Ihre Partheylichkeit schätzet mich weit
höher, als ich es verdiene, Henriette. Wann
Sie nachdenken, was ich für Beyspiele von
meiner Kindheit an vor Augen gehabt habe,
so ist es gewiß weit wunderbarer, wenn
ich es in der Vollkommenheit nicht weiter
gebracht habe, als daß ich mich bloß beeifert habe, eine schwache Kopie ihrer selt-
nen Tugenden zu seyn.

Miß Sutton.

Was mich in Ihrem Betragen am meisten in Erstaunen setzt, ist die Gelassenheit,
mit der Sie Ihr Unglück und Ihre fehlge-
schlagenen Erwartungen ertragen. Ich meines Theils habe nicht das mindeste Verdienst, wenn ich zufrieden und glücklich bin.
Alle Umstände vereinigen sich bey mir, daß
ich nicht anders seyn kann: Sie aber ha-

ben

ben Kummer und Demüthigung erfahren,
ohne sich darüber zu beklagen.

Miß Loveleß.

Wenn ich wirklich die Standhaftigkeit
besitze, die Sie mir so gütig zuschreiben,
meine liebe Freundin: so verdanke ich sie
hauptsächlich meiner verehrungswürdigen
seligen Mutter, die von dem ersten Anbru-
che meiner Vernunft an, mein Gemüthe
gegen die Widerwärtigkeiten des Lebens zu
waffnen, sich beeifert hat. Ihre Bemühungen wurden dann durch die Lehren meiner
vortrefflichen Erzieherin unterstützt, und
endlich durch das Betragen und die Aufmunterung meiner guten Base binnen den
zwey Jahren befestiget, die ich bey ihr als
ihre angenommene Tochter zugebracht habe.
Der Verlust solcher würdiget Aufseherinnen
muß ja wohl mich itzt zur Ausübung der
Grundsätze auffodern, die sie mir so sorgfäl-
tig eingeflößt haben?

Miß

Miß Sutton.

Nun aber, da Sie aller dieser theuren Verbindungen beraubt worden, sind Sie doch noch immer zufrieden?

Miß Loveleß.

Und habe ich es anders Ursache? Es ist wahr: ich habe sie verloren, und immerdar werde ich ihren Verlust bedauren. Keine Zeit wird die Erinnerung ihrer Tugend oder die Dankbarkeit für ihre Liebe in meinem Herzen auslöschen. Aber sollte ich über vergangene Wohlthaten jammern, da ich nicht nur den besten Vater noch besitze, sondern auch in der Madam Sutton, eine der liebreichsten Freundinnen gefunden habe? Sie hat mich, wie eine aus ihrer Familie aufgenommen, und läßt mich weiter keine von den traurigen Folgen von dem Hintritte meiner Verwandten, als den Verlust ihrer Gesellschaft fühlen.

Miß

Miß Sutton.

Aber Sie haben ein so empfindsames Herz, liebe Maria! Diese ihre standhafte Gemüthsart, müssen Sie sich also — und wie ich vermuthen sollte, nicht ohne viele Schwierigkeit erworben haben.

Miß Loveleß.

Es ist wahr, daß ich durch die Aufmerksamkeit auf die vortrefflichen Lehren, die mir gegeben worden, das Vermögen erlangt habe, eine mir sonst natürliche schnelle Hitze in meiner Gemüthsart zu unterdrücken. Hierzu kamen die vielen Gelegenheiten, die ich gehabt, die Vorzüge einer sanften gelassenen Seele vor einer ungestümen und unzufriedenen zu bemerken, und da zu sehen, wie die erstere jedes Uebel vermindert, ja sogar oft in Glückseligkeit verkehret; da die letztere jedes wahre Ungemach verdoppelt, und selbst die heitersten Auftritte des Lebens mit einem Flore überzieht.

Miß

Miß Sutton.

Sehr wahr, meine theure Maria! Meine eigne Erfahrung hat mich überzeugt, daß Unzufriedenheit die größte Marter ist. Ich war auch, obgleich nur auf eine kurze Zeit ein Raub ihrer verzehrenden Bitterkeit: Aber Dank sey es der Klugheit meiner guten Stiefmutter — schon seit langer Zeit hat sie mich von den Schmerzen derselben befreyt, und nie fürchte ich wieder das zu erfahren, was mir selbst in der Erinnerung peinlich ist: denn das Andenken an das, was ich damals fühlte, ist unzertrennlich mit der Vorstellung meiner eigenen Thorheit verbunden, die mir solche unbehagliche Empfindungen zuzog.

Miß Loveleß.

Durch die unermüdete Sorgfalt meiner theuersten Mutter, mich auf jeden Umstand aufmerksam zu machen, der mir den Sieg über meine leidenschaftliche Gemüthsart er-

leichtern

leichtern konnte, machten besonders zwey
Beyspiele einen unauslöschlichen Eindruck
auf mein Herz. Eines war eine Dame,
die unter andern feinen Kindern, auch einen Sohn hatte, der von feiner Kindheit
an mit so heftigen Zufällen behaftet war,
daß er alles Verstandes dadurch beraubet
war. Der arme elende Mensch gab unter
einem dieser Anfälle, als wir einstens dort
zum Besuch waren, seinen Geist auf. Statt,
daß seine Mutter für diese große Wohlthat
Gott danken sollte, gerieth sie in wahre
Verzuckungen des Schmerzens, wollte keinen Trost annehmen, und stieß solche belei-
digende Schmähungen aus, daß ich nicht
ohne Entsetzen daran denken kann.

Miß Sutton.

In der That, sehr strafbar! — vielleicht
zeigte das andre Beyspiel hiervon das Gegentheil.

Erster Band.　　　　Q　　　　Miß

Miß Loveleß.

So ists. — Die arme Madam Golding! Mich däucht, ich sehe sie noch vor mir. Diese liebenswürdige Frau verlor den besten Mann an einer Auszehrung. Kaum hatte sie sich über diesen schweren Verlust ein wenig beruhiget, als ihr einziger Sohn, ein hoffnungsvoller Jüngling von sechzehn Jahren, von einem hitzigen Fieber überfallen wurde, das ihn in drey Tagen ins Grab stürzte. Meine Mutter, ihre nächste Freundin, beredete sie, in unser Haus zu kommen, in Hoffnung, daß sie da mehr zu derselben Beruhigung beytragen könnte. Hier hatte ich dann Gelegenheit ihre gelassene Unterwerfung in den göttlichen Willen, im ganzen Umfange zu sehen. Die vortreffliche Frau kämpfte mit ihren Schmerzen: sie öffnete ihre Seele jedem Troste — nie hörte man ein ungeduldiges Murren oder Jammern: sie siegte über ihren Kummer, und

freute

freute sich, daß ihre Geliebten in einen
glückseligern Stand versetzt wären! Als
mir der Tod meine theure Mutter entriß,
rufte ich das verschiedene Verhalten dieser
zwo Damen in mein Gedächtniß zurück, so
wie ich mir die Lehren, die mir bey diesen
Gelegenheiten waren gegeben worden, vor-
hielt, und sie auf mein Herz wirksam fand.

Miß Sutton.

Ohne selbst ein Zeuge von solchen Beyspielen gewesen zu seyn, ist mein Gemüthe,
das in Gefahr war, ein Sitz der ungestüm-
sten Leidenschaften zu werden, nicht nur
durch die Vorstellungen meiner itzigen theuren Mutter, sondern auch durch die Aufmerksamkeit auf die Urtheile, die man in
Gesellschaft über Leute, die sich ihren wü-
tenden Leidenschaften überließen, und solchen, die sich den Fügungen der Fürsehung
als Christen unterwarfen, beruhiget und

Q 2

aufge-

aufgerichtet worden. — Aber hier kömmt
meine beste Mama.

Madam Sutton tritt hinein.

Miß Loveleß.

Sie sind lange im Brunnenhause gewesen, liebste Madam: aber, ich und Henriette haben unsere Zeit in Ihrer Abwesenheit nicht ungenützt verbracht, sondern uns
über die Vortheile einer geduldigen Erge-
bung bey den mancherley Vorfällen des
menschlichen Lebens unterhalten.

Mad. Sutton.

Sehr gut, daß Sie Ihre Gemüther
durch ein solches Gespräch zu einer traurigen
Nachricht vorbereitet haben, die ich Ihnen
mitzutheilen habe, und Ihnen nicht gleich-
gültig seyn kann.

Miß Loveleß.

Himmel! mein Vater ist doch wohl?

Mad. Sutton.

Vollkommen wohl, und eben komme ich
von ihm. Sein Stillschweigen ist durch ein
drin-

bringendes Geschäfte, und durch verschiedene
nöthige Reisen veranlaßt worden. Damit ich
Sie aber nicht länger in Ungewißheit lasse,
so müssen Sie wissen, daß Miß Blomberg
an einer Auszehrung hart danieder liegt,
die sie sich blos durch ihre Zerstreuungen zugezogen. Auch konnte ihr Vater nicht so
viel von ihr erhalten, daß sie die Wasser
von Bristol bis zur gehörigen Zeit gebraucht
hätte; nein, sie mußte an dem Geburtstage
des Königs in der Stadt seyn, und, seit sie
hier ist, täglich, bis diese Woche auf den
Ball gehen. Endlich fiel sie dreymal in
Ohnmacht, und ist so schwach, daß sie von
ihrem Bette nicht bis zu ihrem Sofa gehen kann, sondern getragen werden muß.
Inzwischen hält man ihren gefährlichen Zustand immer noch vor ihr geheim, unter-
hält sie mit nichts, als albernen Kleinigkeiten, legt ihr alle Arten von Anzügen
vor, die sich für kranke Personen am besten

 schicken

schicken würden, und läßt alle Gesellschaften
zu, damit sie ja nicht an sich denken möchte.

Miß Loveleß.

Das arme unglückliche Mädchen! Einige wenige Tage werden also ihrem Leben
ein Ende machen? Wahrhaftig sollte die
Thorheit wenigstens itzt von ihr zurückgehalten werden, und der Tod mit Anstande
begleitet seyn.

Mad. Sutton.

Ich erstaunte, als ich diesen Morgen
Herrn Loveleß fand. Er freute sich ausnehmend, als er mich erblickte. In der
That ist es ein glücklicher Zufall, der uns
bey unsern jährlichen kleinen Reisen, wo ich
Ihnen die verschiedenen Theile von England
zeige, uns gerade itzt hieher zu dem Brunnen brachte, da es ihm zum Troste gereichen kann, und wir auch der Madam Loveleß und Amalien vielleicht einige Dienste
leisten können. Was das andere arme Mädchen

chen

chen betrifft, so fürchte ich, daß alle Hülfe vergebens seyn wird.

Miß Loveleß.

Sollte ich nicht sogleich zum Papa gehen, und ihm und den Damen aufwarten?

Mad. Sutton.

Ganz gewiß, meine Liebe. Aber bewaffnen Sie sich immer mit Muth. Der Besuch bey Julianen wird Ihnen sehr auffallend seyn. Denn ein junges Geschöpf, statt daß es eine Zierde für die menschliche Gesellschaft seyn könnte, als ein Opfer der Thorheit und Mode ins Grab stürzen zu sehen, ist kein gleichgültiger Anblick.— (Madam Sutton klingelt.) Thomas soll Sie begleiten, da er das Haus weiß: denn ich schickte ihn nach dem Brunnen mit unsern Bewillkommungskomplimente, und erhielt zur Antwort, daß sie sich sämmtlich wohl befänden, außer Miß Blomberg, und daß ihnen unser Besuch angenehm seyn würde.

Q 4

Doch

Doch glaube ich, daß es besser ist, Sie ge=
hen erst allein hin, da Sie sich doch als
ein Kind vom Hause ansehen müssen.

Miß Loveleß seufzt.

Wollte der Himmel, sie sähen mich dort
auch dafür an!

Thomas öffnet die Thüre.

Mad. Sutton.

Begleitet die Miß Loveleß.

Miß Loveleß geht mit dem Bedien=
ten ab.

Miß Sutton.

Wie bedaure ich die arme Maria! Ge=
setzt, Miß Blomberg stürbe, während daß
sie dort ist!

Mad. Sutton.

So ein schmerzhafter Unglücksfall dieß
für eine gefühlvolle Seele seyn mag, so hoffe
ich doch, daß die Begierde, ihrem lebenden
Freunde mit Trost beyzustehen, sie dabey
unterstützen und aufrecht erhalten würde. Ich
erwarte Alles von Mariens Standhaftigkeit.

Sie

Sie gehört nicht zu den schwachen selbst-
süchtigen Personen, die nur an sich und
ihre eignen Empfindungen denken: nein,
sie weiß sie auf edelmüthige Art zu unterdrücken, so bald fremde Leiden eine solche
Aeußerung erfodern.

Miß Sutton.

Wer so reich an jeder Tugend ist, wie
Sie, meine gute Mama, theilet auch andern seine Herzensgüte mit. Ich bin auch
hierinne vollkommen Ihrer Meynung, und
glaube, daß Marien nichts als Ihre Erfahrung fehlet, um Ihr ganzes Ebenbild zu
seyn.

Mad. Sutton.

Sie macht ihren Erziehern bey jeder Gelegenheit Ehre. Aber, wo ist Fanny?

Miß Sutton.

Sie schreibt an Karolinen, und giebt ihr
von unserer Reise Nachricht.

Q 5			Mad.

Mad. Sutton.

Gut. Ich habe an Ihren Vater und unsere lieben Knaben geschrieben. Die rechtschaffene Frau Cartwright wird während unserer Abwesenheit Mutterstelle bey ihnen vertreten. Hätten wir sie nicht, so dürfte ich es nicht wagen, unsere Kinder zu verlassen, und eine solche Reise zu unternehmen.

Miß Sutton.

Sie sind die Güte selbst, liebe Mama, und haben uns zu einer wahren glücklichen Familie gemacht.

Mad. Sutton.

Und Sie haben durch ihre liebreiche Bereitwilligkeit, meine Bemühungen für ihre Glückseligkeit anzunehmen, zu der meinigen alles beygetragen — — doch, kommen Sie, meine Liebe, der Wagen, der uns nach Clifdon bringen soll, wird unser warten. Laßen Sie uns Ihre Schwester abholen.

Gehen ab.

Der

Der Schauplatz verwandelt sich in Herrn Loveleß Wohnung.

Miß Blomberg liegt auf einem Sofa, **Frau Benfield** bedient sie.

Miß Blomberg mit einer hohlen schmachtenden Stimme.

Wie hart ist diese Einkerkerung! Das ist doch unausstehlich, daß ich in meinem achtzehnten Jahre allen den Vergnügungen entsagen soll, die mich überall lächelnd einladen! — Der verdammte Husten, und die ärgerliche Schwachheit, die mich nicht queer über die Stube gehen läßt!

Frau Benfield.

Es thut mir leid, Miß, daß Sie den Verlust jener Vergnügungen als das größte Unglück bedauern. Ich hoffe, Sie sollen noch leben, um größerer zu genießen!

Miß Blomberg.

Ich möchte wissen, welcher? Ich dächte zu dem Zirkel von Ergötzlichkeiten, in dem ich

mich

mich vor meiner Unpäßlichkeit umhergedreht,
könnte keine hinzu gedacht werden.   Sie
weiß ja selbst, Benfield, daß es mir immer
an Zeit fehlte, wo ich alle Einladungen annehmen konnte?   Und nun — da ich zum
erstenmale nach Bristol komme — da krank
zu werden,   und nicht das Brunnenhaus
besuchen zu dürfen?—   Nein! ein solches
Unglück ist nicht zu ertragen!

Frau Benfield.

Ganz gewiß ist es eine große Pein für
Sie, Miß, und Ihre Krankheit auch
ein Unglück: indessen möchten doch manche
Leute spötteln, wenn Sie das für ein so
großes Unglück halten, daß Sie nicht ins
Brunnenhaus gehen können.

Miß Blomberg.

Wie kann Sie nun so dumm reden,
Benfield! Bin ich nicht jung, schön und
reich, und habe eine Mutter, die mich an
jedem Vergnügen Theil nehmen läßt? und

ist

ift nicht die fatale Schwachheit, die mich nicht auf den Füßen stehen läßt, Schuld, daß ich deffen entbehren muß — und kann etwas abscheulicher, unerträglicher seyn? (bricht in Thränen des Unwillens aus.) Aber Sie — Sie hat kein Gefühl.

Frau Benfield.

In der That, liebe Miß, ich habe das größte Mitleid mit Ihnen: aber ich muß Ihnen gestehen, daß dieß mehr durch Ihre abnehmende Gesundheit, als durch Ihren Verlust der Ergötzlichkeiten bey mir erregt wird.

Miß Blomberg.

Ach! Kein Mensch hat Mitleiden mit mir. Meine Mutter und Schwester haben keine Zeit übrig, die sie mir schenken könnten: und, wenn sie solche hätten, so sind meine Lebensgeister so gesunken, ich bin so schwach, daß ich sie nur schwermüthig machen würde. Alle meine Bekannten verlassen

laſſen mich, weil ich nichts mehr zu ihrem Vergnügen beytragen kann, und ich habe keine Freundin in der Welt mehr!

Frau Benfield.

Ja, Sie haben eine, und die ſo gar itzt in Briſtol iſt. Eben hat mir Ihr Herr Vater geſagt, daß Miß Loveleß ganz unverhofft mit Madam Sutton und ihren beyden älteſten Töchtern in Briſtol angekommen iſt. Wie ich höre, thun ſie alle Sommer ſo eine kleine Reiſe, zu ihrem Unterrichte und Vergnügen.

Miß Blomberg.

Wie kann Sie die meine Freundin nennen? Ein Mädchen, das keines von uns leiden konnte — die ich haſſe, wenn ich — wenn ich gleich nicht weiß, warum?

Frau Benfield.

O, Miß! Auch mir misfiel ſie gar ſehr: doch muß ich geſtehen, daß mein Misfallen aus bloßem Neid über ihre höhere

here Güte, und große Eigenschaften ent=
stund.

Miß Blomberg.

Gewiß träumt Sie, Benfield. Miß
Loveleß hat uns nie wieder besucht, seit
Sie bey uns gewesen. Wie kann Sie sie
also kennen?

Es kömmt eine Magd.

Magd.

Miß Loveleß ist auf dem Saale, Miß,
und wünscht Ihnen aufwarten zu dürfen.

Miß Blomberg in großer Unruhe.

Ich will sie nicht sehen — mag sie nicht
sehen — Ihre Gesellschaft ist mir unaus=
stehlich.

Miß Benfield.

Beruhigen Sie sich nur, Miß Blom=
berg. Ich will, wenn es Ihnen gefällig
ist, hinausgehen, und Miß Loveleß bitten,
ihren Besuch aufzuschieben.

Miß

Miß Blomberg.

Was aufschieben! Wie soll sie kommen. Sie kömmt doch nur, über mich zu frohlocken; weil sie durch ihr verhaßtes Dorfleben ihre Gesundheit erhalten; mich aber die Lustbarkeiten der Welt der meinigen beraubt haben. (Sie bricht in Thränen aus, und fällt in Ohnmacht.)

Frau Benfield.

Die arme Lady! Marie, rufe Sie die Wärterin, wir müssen sie niederlegen.

Magd geht ab.

Die Wärterin kömmt.

Wärterin.

Ist Miß Blomberg todt?

Frau Benfield hilft die Miß Blomberg
niederlegen, und sagt hierauf:

Frau Benfield.

Ich hoffe, sie soll bald wieder zu sich kommen, da diese Anfälle itzt nichts Ungewöhnliches bey ihr sind. Ich will indessen der Miß Loveleß, da ich sie gern wieder

sehen

ſehen möchte, ſelbſt die Antwort bringen. Bleib Sie indeſſen hier.

Geht ab.

Miß Blomberg, die ſich wieder erholt.

Wie iſt mir? Wo bin ich? — O! Suſanna, ich bin ſehr krank! — Glaubt Ihr wohl, daß ich ſterben werde?

Wärterin.

Bewahre Gott, meine ſchöne Lady! Daran ſtirbt man nicht gleich, und ich denke, ich will Sie nächſter Tag wieder in ihren ſchönen Kleidern gepußt, von Gold und Diamanten blitzen, und mit ihrem langen Schweife hinterher, nach dem Ballſaale gehen ſehen, wo alle ſchöne Herren ſich hinzudrängen, um mit Ihnen zu tanzen.

Miß Blomberg.

Alſo habt Ihr ſchon welche, die ſo krank, wie ich, waren, wieder geſund werden ſehen?

Wärterin.

Je Zwanzig für Eine. Wer wird denn an den Tod denken? Der Tod kömmt nicht eher, als bis es Zeit ist.

Miß Blomberg.

Schweigt mit eurem Tode, Susanne! das Wort ist mir unausstehlich: ich kanns nicht hören.

Wärterin.

Ja freylich, das garstige alte Klapperding! — Nicht ein Wort mehr davon! — Liegen Sie nur fein stille, Fräulein, und sehen zu, ob Sie schlafen können.

Der Vorhang fällt.

Der Schauplatz stellt einen Saal vor, wo Miß Loveleß sitzt, und ein Zeitungsblatt in der Hand hält. So bald sie Fußtritte höret, legt sie es hin, und spricht.

Miß Loveleß.

Was mag das Hin- und Herlaufen bedeuten? Die arme Juliane! Gewiß geht es

es mit ihr zu Ende. Nach dem, was mir
mein Vater gesagt, ist keine Hoffnung da.
Gleichwohl thaten ihre Mutter und Schwe-
ster so heiter, als jemals. Betrügen sie
sich selbst, oder — ist es die Mode, keine
Empfindung zu haben? Doch sprach mein
Vater mit mir davon in ihrer Gegenwart.
Ach, arme bethörte Mutter und Schwester!
nur zu bald werdet ihr auf Kosten eurer
Ruhe von der Gefahr überzeugt werden!

Frau Benfield tritt weinend hinein.

Es thut mir leid, Fräulein . . .

Miß Loveleß erstaunt.

Miß Rawlins! — Das Vergnügen
Sie hier zu sehen, hatte ich nicht erwartet.
Gehört diese Wohnung Herrn Loveleß?

Frau Benfield.

Ja, Miß. Und zu meinem Leidwesen
muß ich Ihnen sagen, daß Miß Blomberg
sich zu übel befindet, als daß sie Ihren Besuch annehmen kann.

 Miß

Miß Loveleß.

Also ist sie so sehr schlimm?

Frau Benfield.

Ich zweifle, daß sie noch einige Tage leben kann, und vermuthlich wird sie so sterben, wie sie gelebt hat, ohne an die Zukunft zu denken.

Miß Loveleß.

Es sollte doch Jemand, auf eine sanfte Art, sie auf ihren Zustand aufmerksam machen, und ihr, ohne sie niederzuschlagen, die Trostgründe vorhalten, deren sie noch fähig ist. — Aber, meine liebe Schulfreundin, wie liebreich ist es nicht von Ihnen, daß Sie die Lustbarkeiten dieses heitern Ortes verlassen, um einer sterbenden Freundin beyzustehen! Ich habe nicht gewußt, daß Sie mit dieser Familie Bekanntschaft hatten.

Frau Benfield beschämt.

Ich verdiene Ihre gute Meynung nicht, meine theuerste Miß Loveleß. — Ach! wäre es möglich, daß meine Verirrungen Ihnen nicht zu Ohren gekommen wären?

Miß Loveleß.

Vielleicht ist die Entfernung, in der ich mich bisher befunden, seit wir von einander getrennt gewesen, Ursache, daß ich von Allem nichts erfahren habe, was Sie angeht. Kaum hatten Sie die Pension verlassen, so gieng ich zu meiner Base, die bald darauf in eine Abzehrung verfiel, woran sie auch ungefähr zwey Jahre darnach starb. Während ihrer Krankheit hatte ich wenig Umgang mit der Welt, weil ich nicht leicht ihr Bette verließ. Seit ihrem Tode habe ich mich bey Madam Satton aufgehalten, die eine vertraute Freundin von meiner seligen Tante war. So lang meine würdige Gouvernante lebte, unterhielt ich mit ihr einen freundschaftlichen Briefwechsel, und war eben im Begriffe, sie zu besuchen, wo ich mich nach meinen alten Schulfreundin-

                    nen

nen würde erkundiget haben, als Madam
Groves plötzlicher Tod mich des Vergnügens,
das ich mir von der Unterhaltung dieser unschätzbaren Freundin versprach, beraubte.

Frau Benfield.

Es würde grausam seyn, wenn ich Ihnen Ihre Zeit durch die Erzählung einer Geschichte rauben wollte, die Ihrem edlen
Herzen gewiß weh thun würde, ob ich gleich
mein Unglück einzig und allein mir selbst zuzu-
schreiben habe. Ich will Ihnen also, liebste
Miß, nicht mit den besondern Umständen
beschwerlich fallen, die mich zu dem demü-
thigenden Stande einer Kammerfrau dieser beyden galanten Fräuleins herabgesetzt
haben.

Miß Loveleß.

Und sind Sie wirklich so unglücklich?
Ich bin voller Ungedulb Ihre Geschichte zu
hören. — Vielleicht bin ich im Stande,
Ihr Schicksal ein wenig zu milbern, wenigstens

stens wird es mir nicht an dem guten Wil,
len fehlen.

Frau Benfield.

Wie sehr bin ich Ihnen, liebste Miß
Loveleß, für Ihre gütige Gesinnung gegen
ein unglückliches Geschöpf verbunden. Die
Zeit würde itzt zu kurz seyn, Ihnen die
ganze Geschichte meiner strafbaren Verge,
hungen zu erzählen, da ich mit jedem Au,
genblicke zur Miß Blomberg gerufen zu wer,
den fürchte. Ich will Ihnen also in der
Geschwindigkeit nur so viel sagen, daß ich
meinen theuersten Vater und seine liebens,
würdige Frau mit dem äußersten Undank
für ihre große Güte und Nachsicht belohnte,
und mich mit einem schlechten Menschen,
von niedriger Herkunft einließ, mit dem ich
mich durch eine heimliche Heurath ver,
band — ein höchst unglücklicher Schritt,
den ich mit dem ersten Augenblicke, da ich
ihn that, zu bereuen Ursache fand! Meines

R 4   lieben

lieben Vaters Haus vertauschte ich mit einer schmutzigen elenden Wohnung. Und so bald der Bösewicht, den ich geheurathet, sich in der Hoffnung betrogen fand, die er sich gemacht, daß er mit dem Tage unserer Verheurathung Ansprüche auf mein Muttertheil machen könnte, fieng er an, mich auf das grausamste zu behandeln. Sein unmenschliches Verfahren zog mir bald eine heftige Krankheit zu, in der er mich verließ, und nie habe ich seit dem wieder etwas von ihm gehört. Durch die Fürsorge meiner gütigen Hauswirthin ward ich wieder hergestellt; und da ich mich gezwungen sah, für meinen nöthigen Unterhalt zu sorgen, weil ich nicht Muth genug hatte, zu meinem Vater zurück zu kehren, bat ich diese gute Frau, sich nach einem Dienste für mich umzusehen, und sie verhalf mir durch ihre Empfehlung zu den Miß Blombergs. So viel ich nun auch hier Demüthigungen ausstehen

muß,

muß, so sehe ich sie doch als eine gerechte Züchtigung für meinen Ungehorsam an.

Miß Loveleß.

Wie sehr bedaure ich Sie! Ich sehe, wie
wahr es ist, was meine liebe Mutter oft sagte,
daß heimliche Verbindungen selten einen
guten Ausgang nehmen. Glauben Sie
nicht, meine Freundin, daß ich Ihnen durch
diese Bemerkung Vorwürfe machen will?
Nein, Sie erkennen ja selbst Ihr Unrecht,
und leiden nur zu sehr dafür! Viel lieber
wünschte ich etwas zu Ihrer Erleichterung
beytragen zu können, und — vielleicht bin
ich im Stande, durch meine gute Mistreß
Sutton zwischen Ihnen und Ihren Aeltern
eine Aussöhnung zu bewirken, wenn Sie
mich zur Mittelsperson annehmen wollen.

Frau Benfield.

O meine unvergleichliche Miß Loveleß!
wie unwürdig bin ich Ihrer Güte! Nein—
Sie müssen diese nicht an einen Gegen-

R 5

stand

stand verschwenden, der es so wenig um
Sie verdient hat. Auch will ich meine lieben Aeltern durch ungestüme Bitten nicht
aufs neue beunruhigen. Ich habe sie zu
sehr beleidiget, als daß sie mir vergeben
könnten, und bin nach meiner unverzeihli-
chen Thorheit noch immer in meiner gegenwärtigen Lage glücklicher, als ich verdient
habe.

Miß Loveleß.

Schon gut! wir wollen davon ein andermal mehr reden. Mittlerweile seyn Sie
von meinem Diensteifer aufs vollkommenste
überzeugt. Wir sprachen von der Miß Blomberg Unwissenheit in Absicht auf die Gefahr,
in der sie schwebt. Ist es möglich, daß sie
am Rande des Grabes nicht an ihren Tod
denken kann? Welch ein trauriges Gemäl-
be! Was für ein Opfer, das sie der Freude
bringt! Doch, was sage ich, der Freude?

ein

ein Mißbrauch), eine Entheiligung dieses Namens!

Frau Benfield.

Sehr wahr, Miß! Das Leben, das die Damen in dieser Familie führen, ist auch für die stärkste Gesundheit zu ermüdend, als daß sie es aushalten können. — Aber sie gehn in ihrer Laufbahn fort, damit sie ja nicht an einem öffentlichen Orte des Vergnügens vermißt werden, und die Welt glauben könnte, daß sie nicht mit an der Spitze derjenigen stünden, die den Ton angeben. Ja, ich bin oft überzeugt, daß sie ihre Leiden verbeißen, und lieber für gesund wollen gehalten seyn, als eine Parthie aufgeben, deren sie nicht einmal zu genießen im Stande sind.

Miß Loveleß.

Es ist ein Glück für mich, daß ich in so fern zu fremd für die Sitten der Modewelt bin, als daß ich aus meiner eignen Erfahrung

rung davon sollte urtheilen können: ich glaube aber mehr, als jemals, Ursache zu haben,
mich zu freuen, daß die Vorfälle meines
Lebens mich in der Entfernung von ihr
gehalten haben. — Doch ich will Sie
nicht länger von der Miß Blomberg abhalten. Sollte sie, oder sonst Eines von der
Familie mich zu sehen wünschen, so seyn
Sie nur so gütig und schicken nach mir,
und ich werde unverzüglich aufwarten. Unsere Wohnung ist nur zwey Häuser von ihr
— Diese Karte wird Ihnen die Anweisung
geben. Leben Sie wohl! Ich wünsche bald
angenehmere Nachrichten zu hören.

Frau Benfield.

Wenn meine Wünsche erfüllt werden,
so werden Ihre Tage immer heiter seyn! O
meine liebste, vortrefflichste Freundin, wie
klein scheine ich mir selbst, wenn ich Ihre
glänzenden Eigenschaften mit meinen
Schwachheiten vergleiche.

Miß

Miß Loveleß.

Beschämen Sie mich nicht durch solche Lobsprüche! Gedenken Sie meiner bey Miß Blomberg aufs beste, und leben Sie wohl.

Geht ab.

Frau Benfield.

Welch ein liebenswürdiges Geschöpf! So tief ich auch herabgesunken bin, so ist es doch noch ein Glück für mich, daß ich, was schön und gut ist, noch bewundern, und bedauern kann, daß ich es von mir gestoßen habe... Doch ich muß zu meiner Gebieterin. Welch ein demüthigendes Wort für mich, da ich zu gebieten geboren war!— Und hätte ich für mich selbst Ehrfurcht zu haben gewußt, so würde ich nie zu diesem Stande der Dienstbarkeit seyn herabgewürdiget worden.

Ende des ersten Aufzugs.

Zweyter

Zweyter Aufzug.

Miß Loveleß und die beyden Miß Suttons sitzen beysammen.

Madam Sutton tritt mit einem Briefe
in der Hand hinein.

Mad. Sutton.

Hier lesen Sie einmal, meine liebe Maria, was ich an Madam Rawlins geschrieben. Dieser ihr gutes Herz wird für
die arme Reuende die beste Fürsprecherin seyn:
und ich schmeichle mir auch gewiß, bey ihrem Vater Vergebung für sie zu erhalten.

Miß Loveleß, nachdem sie gelesen.

In der That, dächte ich, Madam, daß
Sie Alles gesagt hätten, was uns eine füh-
lende Seele nur eingeben kann, und ich verei-
nige meine aufrichtigsten Wünsche mit den
Ihrigen, daß dieser Brief einen glücklichen
Erfolg haben möge.

Miß

Miß Sutton.

Ich muß gestehen, daß es mir unbegreiflich ist, wie es in der menschlichen Natur möglich ist, daß ein junges wohlgezogenes Frauenzimmer so handeln kann, wie Miß Rawlins gehandelt hat.

Mad. Sutton.

Gewiß würde auch die menschliche Natur nicht solche Auswüchse hervorbringen, wenn man dem bessern Theile derselben, ich meyne der Vernunft, die Herrschaft ließe. Miß Rawlins Betragen aber ist ein trauriges Beyspiel unter vielen Tausend von den üblen Folgen, wenn man sich seinen ungestümen Leidenschaften überläßt. Vergebens äußert das väterliche Ansehen seinen Einfluß auf eine Seele, die den hartherzigen Entschluß gefaßt, zu widerstehen: das Ohr der Eigenwilligen ist taub gegen alle Ermahnungen. Alles, was ein Vater oder Mutter thun kann, ist, ihr den besten Pfad vorzuzeichnen;

zeichnen; glaubt ſich das Kind klüger, und weigert ſich, dem Rath der Weisheit und der Erfahrung zu folgen, ſo muß es wie Miß Rawlins fallen, und unglücklich werden.

Miß Sutton.

O was für einer gefährlichen Klippe, meine liebe Mama, ſind wir entgangen, da wir eine Zeit lang unſerer eigenen Führung, oder vielmehr dem unglücklichen Einfluſſe der Dienſtboten überlaſſen waren! Wie dankbar ſollten wir gegen Gott ſeyn, daß wir noch nicht ſo ſehr verderbt waren, alles Gefühl gegen Ihre Güte verloren zu haben; und nicht ſo verblendet, daß wir noch zeitig genug die Vortheile erkannten, Ihren heilſamen Vorſchriften Folge zu leiſten: gewiß hätten wir ſonſt ſo unglücklich, als dieß junge Frauenzimmer ſeyn können!

Mad. Sutton.

Ganz gewiß, meine theuerſte. Ob ich aber gleich Miß Rawlins nicht von der

Schuld

Schuld frey spreche, so muß ich doch sagen, daß sie eine Entschuldigung noch für sich hat, die bey Ihnen wegfallen würde. Ihre Mutter war gerade das Gegentheil von der Ihrigen, und lebte noch lange genug, das Unkraut, das in ihrer Tochter Herzen aufschoß, reif werden zu lassen, das sie nach ihrer mütterlichen Pflicht hätte ausrotten sollen. Miß Rawlins nahm mit andern jungen Leuten ihres Gleichen das unglückliche Vorurtheil gegen ihre Stiefmutter an, und so verwarf sie ihre Warnungen, sah sie für Feindseligkeiten an, und trieb ihre Hartnäckigkeit so weit, daß nur das Elend, das sie sich dadurch zugog, sie von dessen Ungerechtigkeit überzeugen konnte.

Miß Loveleß.

Wie verschieden ist mein Loos! Hätte ich eine solche Freundin in meines Vaters Gattin gefunden, so wäre meine Glückseligkeit vollkommen gewesen.

Erster Band.   S   Mad.

Mad. Sutton.

Vollkommene Glückseligkeit, mein liebes Mädchen, ist nicht das Loos der Sterblichen: die höchste, die wir erhalten können, giebt uns der Beyfall eines unverletzten Gewissens. Bestreben Sie sich, Ihre Pflichten in jedem Verhältnisse des Lebens getreu zu erfüllen, und Sie werden dieser Glückseligkeit theilhaftig werden. Die natürlichen Früchte, die sie trägt, sind Friede der Seele und ein heiteres Gemüthe: und, ich müßte mich sehr irren, wenn Sie deren nicht schon itzt genössen.

Miß Sutton.

Ich denke, wir alle genießen ihrer. Doch, der fürchterliche Zustand der Miß Blomberg, und die Unglücksfälle der Miß Rawlins haben eine gewisse Dunkelheit über unsere Gemüther verbreitet, die sich nicht so gleich heben läßt.

Mad.

Mad. Sutton.

Die zärtliche Theilnehmung an dem Kummer anderer ist eine Pflicht der Menschenliebe und des Wohlwollens. Indessen muß man sich ihr nicht zu sehr überlassen. Nehmen Sie immer einen liebesvollen Antheil an den Leiden eines jeden Ihrer Mitgeschöpfe — helfen Sie ihren Bedürfnissen ab, und stehen ihnen mit Rath und Trost bey, so viel Sie nur können: — aber zu gleicher Zeit behalten Sie Ihren guten Muth bey, sonst werden Sie sich und Ihren Freunden zur Last, und Sie auch selbst außer Stand gesetzt werden, ihnen die liebreichen Dienste zu leisten, zu denen sie Ihre Pflicht auffodert.

Man klopft an der Thüre. Ein Bedienter tritt hinein, und meldet Madam Loveleß und Miß Amalia Blomberg. So bald die Ceremonie des Eintritts und Niedersetzens vorüber ist, spricht Madam Loveleß.

Mad.

Mad. Loveleß.

Sie können nicht glauben, in welcher Verlegenheit wir sind! Bloß ans Theater zu denken, und darüber zu vergessen, uns unsern neuen Anzug zum heutigen Ball nicht mit zu bringen! — Beßer! wir bleiben davon, als wieder in dem vorigen zu erscheinen.

Miß Amalia.

Entsetzlich! Wir hätten wirklich unsern Wagen darnach schicken sollen. — (Zur Madam Sutton.) Vermuthlich werden Sie auch mit diesen jungen Damen da seyn, und das ist mir um so viel ärgerlicher!

Mad. Sutton.

In der That wär ich Willens, als ich nach Bristol kam, meine lieben Mädchen an jedem Vergnügen Theil nehmen zu lassen, das dieser Ort gewähret. Wir waren daher auch gesonnen, heute auf den Ball zu gehen. Da aber Miß Loveleß so sehr von der Nachricht gerührt ist, daß sich Miß

Blom-

Blomberg so übel befindet, so wird sie
gewiß nicht mitgehen wollen, und ich kenne
meine Tochter zu gut, als daß Sie sie allein werden zu Hause laſſen wollen.

Mad. Loveleß betreten.

Ich sehe nicht, warum sich Miß Loveleß ein Vergnügen versagen will, zu dem
sie ihr Alter berechtiget? Ueberdieß steht es
mit meiner Tochter nicht so schlimm. Sie
ist bloß schwach, und ich zweifle nicht, daß
sie in kurzer Zeit vollkommen wieder hergestellt seyn wird.

Miß Loveleß.

Aber, Madam, ihre ausnehmende
Schwäche muß doch von einer Krankheit
ihren Ursprung haben; und so lange die
Ursache nicht gehoben ist, wie kann sie ihre
Kräfte wieder bekommen?

Miß Amalia.

Sie haben immer solche wunderliche
Einfälle, Maria! Juliane hat sich blos

ein

ein wenig übernommen. Nicht wahr? Sie würden mich auch für krank halten, wann ich Ihnen sagte, daß ich diesen Morgen zwey Ohnmachten gehabt habe.

Miß Fanny Sutton.

Wahrhaftig! Nun, so wundere ich mich, wie Sie Stärke oder Muth genug haben können, itzt umher zu gehen, weit mehr aber, daß Sie heute Abends auf den Ball zu gehen gedenken?

Miß Loveleß.

Sie mögen meine Einfälle für noch so wunderlich halten, als Sie wollen, meine liebe Miß Amalia, so kann ich doch meine Verwunderung nicht bergen, ja, es thut mir weh, daß ich das höre: hauptsächlich, da Sie mir wirklich weit schmächtiger vorkommen, als da ich Sie das letztemal sah: doch macht mir die blühende Röthe Ihrer Wangen Hoffnung, daß meine Furcht vergebens seyn wird.

Miß

Miß Amalia.

Und also glauben Sie, daß ich mit bleichen Wangen in die Gesellschaft gehen soll, da mir die Mode Mittel an die Hand giebt, den Mangel der natürlichen Rosen, durch künstliche zu ersetzen? Ich schäme mich nicht zu sagen, daß ich Roth auflege, und Sie müssen sehr unmodemäßige Augen haben, wenn Sie solches nicht auf dem ersten Anblick unterscheiden konnten. Ich habe es doch wahrhaftig nicht aufgelegt, daß ich einer rothbäckigten Mauermagd ähnlich sehe. Wie viel hat die Dame nicht Verdienste, die zuerst mit gemalten Backen in Gesellschaft erschien, und dem albernen Vorurtheile unserer Nation trotzte! ja, ich würde wünschen, daß man mich, wie Pope in seinen Versuchen von der Narcisse erzählet, noch in meinem Sarge malen möchte.

 Mab.

Mad. Sutton.

Sie müssen ihr ihre Unwissenheit verzei-
hen, Miß Amalia. Denn Sie sehen wohl,
daß die Miß Suttons und Miß Loveleß von
einer altmodischen Frau in die Welt geführet worden, bey der das Vorurtheil, welches Sie so lächerlich machen, so tief ein-
gewurzelt ist, daß keine Beweise es ausrotten können. Ja, Sie müssen mir vergeben,
wenn ich Ihnen sage, daß ich mich äußerst
bestreben werde, jede junge Person, auf die
ich einigen Einfluß habe, von einer Gewohnheit abzuhalten, die ein vernünftiges Nachdenken unmöglich billigen kann.

Mad. Loveleß.

So müssen Sie die jungen Frauenzimmer nicht in die Welt führen: denn ein für
allemal muß man da Rouge auflegen.

Miß Amalia.

Was würden Sie denn nun sagen, Madam Sutton, wenn Sie Julianen sehen
sollten?

follten? diefe muß fich oft zu Bette legen, welches ihr den Carmin abreibt. So oft fie alfo auffteht, hat fie ihre Angft damit aufs neue. Das arme Kind! Befände fie fich wohl genug, fo könnte fie es felbft thun: fo aber ift ihr Mädchen das ungefchicktefte Gefchöpf von der Welt. Immer fagt fie, daß fie fo Etwas ihr Lebelang nicht gefehen habe. In der That muß fie unter dem dümmften Volke in der Welt gelebt haben.

Miß Loveleß.

Ihre Jugend ift vielleicht Entfchuldigung für fie: denn fie fcheint fehr jung.

Miß Amalia.

Ein kleines dummes Ding! Sie hat nicht halb Leben und Geift genug für mich. Statt meiner Schwefter was Luftiges vorzumachen, hat fie immer Thränen in Augen. Wäre fie mein Mädchen, fo hätte ich fie lange fortgefchickt.

Miß

Miß Loveleß.

Vielleicht hat sie einen geheimen Kummer auf ihrem Herzen. Sie scheint sonst artig und von einer guten Erziehung zu seyn. Entsteht aber ihre Empfindsamkeit aus der Theilnehmug an Miß Blombergs Leiden, so ehre und schätze ich sie hoch.

Mad. Loveleß.

Wenn ich finden sollte, daß sie unglücklich wäre, so werde ich mich nach einem andern Mädchen für Julianen umsehen: denn ich will kein trauriges, melankolisches Geschöpf für sie haben.

Mad. Sutton.

Ganz sicher ist es nöthig, daß man Kranke bey gutem Muthe zu erhalten sucht: Doch ist Lustigkeit, meiner Meynung nach, bey einer Krankenwärterin so unleiblich als Schwermuth. — Haben Sie einen Arzt wegen Miß Blomberg gefragt, Madam?

Mad.

Mad. Loveleß.

O ja, Doctor Burgeß besucht sie täglich. Er hält sie für sehr krank: aber diese Leute machen es nicht anders. Sie thun das, damit man ihre Verdienste desto mehr bewundern soll. — Wollen Sie sie nicht in ihrem Gefängnisse besuchen, meine Damen?

Miß Sutton.

Herzlich gern. Da sie aber die Miß Loveleß nicht angenommen, so glaubten wir noch weniger, den Zutritt zu erhalten, und wollten also unsern Besuch so lange verschieben, bis sie es selbst verlangte.

Mad. Loveleß.

Gut also; wenn Sie den Ball diesen Abend nicht mit Ihrer Gegenwart beehren wollen, so trinken Sie den Thee mit ihr! Ich und Amalia sind bey einer großen Parthie versprochen; sie werden also unsere Abwesenheit entschuldigen.

Mad.

Mad. Sutton.

O ganz gewiß, Madam!

Mad. Loveleß.

Für itzt wünschen wir Ihnen einen guten Morgen.   Komm, Amalia!

Gehen ab.

Miß Loveleß, bricht in Thränen aus.

Nein, das ist zu viel! Unmöglich kann
ich ohne die äußerste Betrübniß sie so blind-
lings ins Verderben rennen sehen.   O daß
ich doch meine Gedanken sagen dürfte!

Mad. Sutton.

Beruhigen Sie sich, meine Liebe, und
danken Sie Gott, daß er Ihnen Freunde
gegeben, die Sie von den gefährlichen Wegen abgezogen haben.

Miß Loveleß.

Ich dachte, das, was ich über Miß Rawlins sagte, sollte zu einer Einleitung für ihre
Geschichte dienen: als ich aber sah, wie
unfreundlich sie und Amalia für ihre Em-
pfindun-

pfindungen, als einer Dienſtmagd waren, wußte ich nicht, was ich weiter ſagen ſollte.

Mad. Sutton.

Wir wollen darüber ſchon Maaßregeln nehmen, ſo bald wir feſtern Fuß faſſen können.

Es wird ſtark an der Thüre gepocht.

Herr Loveleß tritt voller Unruhe hinein.

Eilen Sie, ich bitte Sie, meine liebe Madam Sutton, zu meiner Frau und Toch=ter! Juliäne iſt, aller Wahrſcheinlichkeit nach, ihrem Ende nahe.

Miß Loveleß.

Kommen Sie unverzüglich, liebſte Ma=dam.

Mad. Sutton.

Wir wollen Sie begleiten, Sir.

Herr Loveleß geht mit Madam Sutton und Miß Loveleß ab.

Miß

Miß Sutton.

Ich bin neugierig zu sehen, wie sich Madam Loveleß bey einem so schrecklichen Falle betragen wird, da sie auf keine Weise vorbereitet ist.

Miß Fanny Sutton.

Ich dächte, es müßte ihr das Herz brechen. Auch für unsere gute Mutter und die arme Maria wird es ein trauriger Auftritt seyn.

Miß Sutton.

Ich kenne Niemanden, der zu dergleichen sich besser schickt, als sie, so fähig ist, aus den Fehlern anderer Unterricht zu ziehen, den Kummer durch zärtliches Mitleid zu lindern, und mit einer standhaften Gegenwart des Geistes versehen, wo es so vielen Menschen daran fehlet, die oft noch durch ihr trostloses Beginnen den Kummer vermehren, den sie besänftigen sollten.

Miß

Miß Fanny Sutton.

An dieser glücklichen Gegenwart des Geistes fehlt es mir auch noch. Ich bin sogleich ganz außer mir, und würde nimmermehr Herz genug haben, zum Herrn Loveleß hinzugehen.

Miß Sutton.

Ich wünschte auch, daß ichs vermeiden könnte. Wenn es aber seyn muß, so will ich meine ganze Tapferkeit zusammen nehmen: denn freylich ists nicht recht, seine Freunde in der Noth zu verlassen. Ich dächte, Schwester, da du so gerührt bist, wir giengen ein wenig in Garten.

Miß Fanny Sutton.

Herzlich gern: denn wirklich ist mir nicht wohl zu Muthe. Vielleicht heitert mich die freye Luft ein wenig auf.

Gehen ab.

Der

Der Schauplatz verwandelt sich in des Herrn Loveleß Haus.

Madam Loveleß weinend; Miß Amalia Blomberg sitzt bey ihr.

Miß Loveleß tritt hinein und sucht ihre Thränen zurück zu halten: indem sie aber sprechen will, brechen sie hervor.

Mad. Loveleß.

Was haben Sie für Ursache zu weinen — zu klagen? — Sie sind unschuldig. Sie haben kein Kind, wie ich, umgebracht!

Miß Amalia.

O reden Sie nicht so, Mama! Meine Schwester kann sich wieder erholen.

Mad. Loveleß.

Unmöglich! Diese Augen haben sie in ihren letzten Todesängsten gesehen! — Diese Ohren ihr letztes Aechzen gehöret! — Der Blick, den sie auf mich warf, schien, mich als die Urheberin aller ihrer Leiden anzuklagen. O! wie viel Ursache hat sie, itzt zu wünschen, daß sie zur Armuth wäre geboren gewesen, damit sie ihre Gesundheit erhalten hätte.

Miß Amalia.

Wollte doch der Himmel, Sie wären nicht zu ihr ins Zimmer gegangen!

Miß Loveleß.

Aber, meine Liebe, es war doch für eine Mutter anständig und natürlich, ihr sterbendes Kind nicht zu verlaßen?

Miß Amalia.

Freylich wohl: aber ich kann meine Mutter nicht so gerührt sehen. Es wird Unglücks genug seyn, wenn wir meine Schwester so unerwartet verließen.

Mad. Loveleß.

Für keines unerwartet, als für die, die so verblendet waren, als ich selbst! Hätte ich nur dem glauben wollen, was selbst meine gemeinen Bekannten mir sagten, so würde ich auf diesen fürchterlichen Streich seyn

vorbereitet gewesen. Hätte ich auf die Warnungen meines Mannes gehöret, welcher die
Gefahr sah, der ich mein liebes Kind unter-
warf, wenn ich ihre, von Natur so zärtliche
Gesundheit der Nachtluft und der tödten-
den Ermüdung aussetzte; so hätte sie lange
in Gesundheit und Glückseligkeit leben können, statt daß sie nun = = = O Himmel!
höre ich nicht ihr Winseln und Aechzen!

Sie läuft in der äußersten Unruhe auf
und nieder und ringt ihre Hände. Miß
Loveleß folgt ihr und führet sie endlich
auf einen Stuhl.

Miß. Loveleß.

Fassen Sie sich, liebste Madam — selbst
unsertwegen! — Bedenken Sie, daß, wenn
Juliane stirbt, Sie noch eine Tochter übrig
haben — ja Töchter, wenn Sie mich dafür annehmen wollen.

Mad. Loveleß.

Ach! für mich ist kein Trost — für eine
so strafbare Person, als ich bin, keiner!

In

In einem Labyrinthe von Thorheit umher-
gaukelnd, von Finsterniß und Wahn umge-
ben, brauchte es nur eines solchen Schlags,
mir die Augen zu öffnen. Das Schickfal
hat sich gerächt, und mich nun zur elende-
sten Kreatur gemacht.

Miß Loveleß.

Blicken Sie um sich her in der Welt,
Madam, und wägen Sie Ihren Kummer
gegen so vieler anderer ihren ab, und Sie
werden ihn noch in der Wagschale leichter
finden: denn erwägen Sie, wie viel Glück
Ihnen noch immer übrig bleibt!

Mad. Loveleß, nach einer langen
Pause.

Es ist wahr; ich fühle, daß sich mir
noch manche Trostgründe anbieten könnten,
wenn ich nur einen Geist besäße, der ihrer
fähig wäre. Aber kann ich z. B. ohne
Entsetzen an den übeln Gebrauch denken, den
ich von meinen Reichthümern gemacht habe?

T 2

Half

Half ich se dadurch dem Mangel anderer ab?
Ach, nein, nein! Die Wittwe und der
Wayse wurden unerquickt und unbemitlei-
det von meiner Thüre fortgeschickt. Mein
eigen Leben war ein beständiger Auftritt von
Zerstreuungen. Und meine Kinder? Himmel! Eins ist schon dahin, und das andere • • • (Sie sieht Amalien ängstlich an.) O
Amalie! nimm noch itzt deiner wahr?
Diese Ohnmachten sind Vorboten einer ab-
nehmenden Gesundheit. Laß mich dich nicht
auch so tödten!— Kann ich an das Alles
denken, Miß **Loveleß**, und auf Trost Anspruch machen?

Miß Loveleß.

Wer seine Vergehung aufrichtig bereuet,
liebste Madam, kann zuversichtlich noch auf
Vergebung hoffen. Es würde von mir ver-
wegen seyn, wenn ich behaupten wollte,
daß Sie sich in den Augen Gottes nicht einer großen Nachläßigkeit schuldig gemacht
hätten.

hätten; und ich würde wenig aufrichtig, ja, strafbar handeln, wenn ich durch eine niedrige Schmeicheley Sie zu neuen Fehltritten zu einer Zeit ermuntern wollte, wo eine so schickliche Ueberzeugung sich Ihres Herzens bemächtiget, die, wie ich hoffe, eine Veränderung bewirken soll, die sich mit Friede und Glückseligkeit endigen wird. Erhalten und befestigen Sie sich in diesen Ueberzeugungen, und Sie werden nicht Ursache zur Verzweiflung finden!

Mad. Loveleß.

Auch Sie selbst, meine liebe Maria, ach! wie grausam habe ich Sie behandelt! Eifersüchtig auf Ihre Verdienste, verbannte ich Sie aus Ihres Vaters Hause, ja, ich bemühte mich sogar, Sie aus seinem Herzen zu reißen: aber — Dank seiner Standhaftigkeit! hier gelang es mir nicht. Verlassen Sie ein solches Ungeheuer! denn ich bin Ihrer sanften Aufmerksamkeit nicht werth.

Miß

Miß Loveleß.

Nein, liebste Mama; in dieser gram=
vollen Stunde werde ich Sie gewiß nicht
verlassen. Es soll mein Lieblingsgeschäfte
seyn, Ihren Kummer durch jeden Beweis
der kindlichsten Liebe und Aufmerksamkeit zu
besänftigen; und, wenn ich noch so glücklich
bin, mich Ihrer Gewogenheit würdig zu ma=
chen, so werde ich mich für Ihre vorige Ver=
achtung für reichlich genug belohnt halten.

Mad. Loveleß.

O komm in meine Arme, mein theuer=
stes, liebenswürdigstes Kind! Wie beschämst,
wie demüthigest du mich durch deinen Edel=
muth, durch deine Herzensgüte! (Sie umarmt
sie mit Inbrunst. —) Amalie, o sey einer sol=
chen Schwester werth!

Miß Amalia, umarmt Miß Loveleß.

Und können Sie auch mir vergeben,
Maria! Wie verdiene ich die Ehre, von
Ihnen Schwester genannt zu werden.

Miß

Miß Loveleß.

Glücklicher Augenblick, wenn ich mir diesen Namen zueignen darf! — Meine liebe Schwester! — Nehmen Sie die aufrichtigsten Versicherungen meiner zärtlichsten Freund= schaft und immerwährenden Zuneigung an.

Mad. Loveleß.

Mitten in dem Jammer, der mich nieder= drückt, empfindet mein Herz in dieser Aus= söhnung einen unaussprechlichen Trost. Wo ist Ihr Vater, meine Liebe? Ich fürchte, daß er mich in seinem Herzen verachtet: aber mit welcher Geduld hat er alle meine wahnwitzigen Einfälle nicht ertragen! So sehr mich ihn zu sehen verlangt, so sehr fürchte ich ihn.

Miß Loveleß.

Ich vermuthe, daß er unten mit Ma= dam Sutton ist.

T 4

Miß

Miß Amalia weint.

O meine liebe Juliane! daß du doch leben möchteſt, unſere Freude zu theilen, die uns nunmehr durch deinen Verluſt verbittert wird. Jtzt, da du, aller Wahrſcheinlichkeit nach, vorüber biſt, fühle ich meine Liebe weit heftiger, als da wir uns in einem Zirkel von beſtändigen Ergötzlichkeiten umher drehten, wo uns keine Zeit für den Genuß dieſer geſelligen Zuneigungen übrig blieb!

Mad. Loveleß.

Ach! zerreiß mir nicht vollends mit deinen Klagen mein Herz, liebe Amalie. Denke, wie ſehr dein Jammer den meinigen vermehren müſſe! Folge von nun an der theuren Maria Beyſpiele. Deine Mutter hat ihre Fehler in deiner Gegenwart geſtanden: laß dich ihr Beyſpiel vor einer Jugend voll Thorheit warnen, und lade dir nicht eine fruchtloſe Reue über die ſo übel verwandte

Zeit

Zeit auf den Hals, die mich itzt zu Boden
drückt!

Miß Amalia.

Von Schmerz und so mancherley Empfindungen gequälet, die ich nie vorher ge-
fühlet habe, kann ich mich unmöglich sogleich faſſen: vielleicht aber, wenn ich Mariens Beyspiel vor mir habe, wird sie mich
zur Nachahmung ihrer Tugenden erwecken.
O nehmen Sie mich unter Ihren Schutz,
meine liebſte Schweſter, und lehren Sie
mich die Kunſt, liebenswürdig und geliebt
zu seyn!

Miß Loveleß.

Wenn Sie sich entschließen wollen, meine
Gute, einige der Stunden, die Sie sonſt
blos dem Vergnügen schenken, auf die Ausbildung Ihres Geiſtes zu wenden, so werden Sie diese wünschenswerthe Absicht erreichen.

 Miß

Miß Amalia.

Dieß will ich itzt mit allem Ernste: denn meine vorige Thorheit zeigt sich mir in vollem Lichte.

Mad. Loveleß.

So sehr ich mich itzt nach dieses lieben Mädchens Gesellschaft sehne, so fühle ich itzt doch eine zu große Hochachtung für sie, als daß ich ihr dieselben anmuthen sollte: Wie kann ich von ihr verlangen, daß sie Theil an unsern Kümmernissen nehmen soll, da ich sie von der Theilnehmung an unsern Vergnügungen zurückgestoßen habe?

Miß Loveleß.

Sie werden mir vergeben, Madam, wenn ich sage, daß ich den Verlust dieser Vergnügungen nicht bedaure. Ich habe weit größere in einer ruhigen Einsamkeit mit Freunden genossen, die ich hochschätzte, und die mich, wie ich mir schmeicheln darf, nicht weniger liebten, als die, die

mir

mir eine lustige Welt gewähren konnte. Aber auch jene will ich mit der größten Bereitwilligkeit um Ihretwillen verlassen. Ja, ich bin bereit, mit Ihnen zu leben, so lange mein emsiger Diensteifer Ihnen meine Gesellschaft nicht unangenehm macht. Finden Sie mich aber zu lästig, so können Sie mich allezeit fortschicken.

Mad. Loveleß.

Edelmüthiges, großmüthiges Mädchen!

Miß Amalia.

Lästig? O! das können Sie nie seyn; Sie werden mir meine arme Mama trösten helfen. Kommen Sie! laßen Sie uns einige Erfrischung für sie holen, denn es muß nahe am Mittag seyn.

Mad. Loveleß.

So lange ich nicht weiß, ob meiner geliebten Tochter Leiden ein Ende haben, kann ich nichts zu mir nehmen.

Miß

Miß Loveleß.

Wenigstens ein Glas Wein, und ein Rindchen Brod.

Mad. Loveleß.

In der That, ist es mir unmöglich — aber geht Ihr beyde und thut es.

Miß Loveleß.

Nein, liebste Mama! Ich werde Sie nicht allein lassen. Wenigstens wollen wir Sie in Ihr Schlafzimmer begleiten. Legen Sie sich da ein wenig aufs Bette, suchen Sie sich zu erholen, und bereiten Sie sich auf die unangenehme Nachricht vor, die Sie nun unfehlbar erwarten müssen.

Mad. Loveleß.

Macht mit mir, was Ihr wollt. Ueber=zeugt, daß ich itzt selbst mich nicht leiten kann, will ich mich gern denen überlassen, die es besser verstehen, und die Mühe auf sich nehmen wollen.— Aber, wo ist Ma=dam Sutton?

Miß

Miß Loveleß.

Gewiß bey einem höchst wichtigen Geschäfte. — Wenn Miß Amalie so lange
bey Ihnen bleiben will, will ich Madam
Sutton aufsuchen, und nach der armen
Juliane sehen.

Mad. Loveleß.

O thun Sie das, meine Liebe! — Und
du, Amalie, komm und laß uns suchen,
mit dem Unglücke unsere Gemüther auszusöhnen, das uns in diesen Stand der Demüthigung versetzt hat. Ah! was für ein
schwaches Geschöpf bin ich, daß ich nicht
einmal Muth genug habe, die letzten Pflichten der mütterlichen Liebe auszuüben! Wie
klein gegen das edle Mädchen, das wir
so schändlich verschmähten!

Gehen ab.

Der

Der Schauplatz verwandelt sich in einen Saal.

Madam Sutton kömmt mit dem Doctor Burgeß aus dem Krankenzimmer.

Mad. Sutton.

Also glauben Sie wirklich, Herr Doctor, daß sich Miß Blomberg noch wieder erholen kann?

Doctor Burgeß.

Bey der äußersten Sorgfalt und Behutsamkeit ist es noch möglich. Die Verzuckungen, die Sie so in Schrecken gesetzt, waren kritisch. Da das Geschwür auf ihrer Lunge aufgegangen, so denke ich, daß sie so wenig, als die Ohnmachten, wieder kommen sollen, und habe große Hoffnung, daß sie noch gerettet werden kann; doch muß sie einige Tage sehr stille gehalten werden: vielleicht kann sie dann noch den Brunnen trinken. Sehe ich, daß es ihr, meiner Er-

wartung

wartung gemäß, nützlich ist, so werde ich
sie aufs Land schicken, wo ihr die gute Luft,
ein stilles Leben, und der Gebrauch der
Milch die besten Dienste leisten werden.
Itzt muß ich Sie verlassen, da ich noch mehr
Kranke zu besuchen habe.

Geht ab.

Mad. Sutton.

Ein glücklicher Zufall! — Ich wundere
mich, daß sich keines von der Familie sehen
läßt! = = = Ah, hier kömmt meine liebe
Maria!

Miß Loveleß tritt hinein.

Mad. Sutton.

Wo haben Sie gesteckt, mein gutes
Kind? und was ist aus Madam Loveleß
und Amalien geworden?

Miß Loveleß.

O meine beste Madam! Ich habe
den rührendsten Aufruhr gehabt, und mich
verlangt, Ihnen den glücklichen Erfolg von

meiner

meiner Bemühung, sie zu trösten, zu erzäh=
len. Sie werden über die Veränderung, die
mit denselben in Absicht ihrer Gesinnungen
und einer vollkommenen Aussöhnung mit
mir vorgegangen ist, erstaunen. Madam Loveleß hat sich niedergelegt, und Amalie
sißt bey ihr.— Vermuthlich, da ich Sie
hier finde, ist es mit der armen Juliane
vorbey?

Mad. Sutton.

Nein: es hat sich vielmehr ein glücklicher Zufall eräuget: und Doctor Burgeß,
der den Augenblick weggegangen ist, und
den ich eben begleitet habe, giebt zu ihrer
Genesung viel Hoffnung.

Miß Loveleß.

Sie setzen mich in Erstaunen — welche
Freude! O lassen Sie mich geschwind zu
der unglücklichen Mutter und Tochter eilen,
daß ich ihnen diese erwünschte Nachricht hin=
terbringe.

Mad.

Mad. Sutton.

Nein, meine Liebe, laſſen Sie mich es
thun! Vielleicht genießt Madam Loveleß
einer kleinen Ruhe, und iſt dann beſſer im
Stande, eine ſo unerwartete glückliche Nachricht auszuhalten. Juliane war in einen
ſanften Schlaf verfallen. Wir wollen uns
itzt ein wenig herſetzen, bis Jemand aus
dem Zimmer kömmt.

Frau Benfield tritt hinein.

Miß Blomberg iſt eben erwacht, Ma-
dam; ſcheint aber voller Unruhe. Wollen
Sie nicht ſo gut ſeyn und hereinkommen?
Sie hat eben nach Miß Loveleß gefragt.

Mad. Sutton.

Kommen Sie, Maria. Sie können
ungeſehen hineingehen, da die Vorhänge
zugezogen ſind: und alsdann handeln, wie
es die Gelegenheit mit ſich bringen wird.

Der Schauplatz stellt der Miß Blomberg
Schlafzimmer vor. · Miß Blomberg liegt
im Bette. Miß Loveleß schleicht sich hinein,
und setzt sich an die Seite, wo die Vorhänge her-
untergezogen sind. Madam Sutton geht
auf die andere. Frau Benfield und die
Wärterin stellen sich nach Gefallen.

Miß Blomberg.

O! meine liebe Madam Sutton! Also
lebe ich noch? Gewiß glaubte ich zu sterben, und unfehlbar war ich auch dem Tode
nahe. Wie konnten dieß meine Freunde
vor mir verheelen? Aber vielleicht bin ich
auch nur auf eine kleine Weile wieder erwacht. O! was wird aus mir in einer
andern Welt werden!

Mad. Sutton.

Zu meinem Vergnügen kann ich Ihnen
sagen, meine Liebe, daß große Hoffnung zu
Ihrem Aufkommen wieder da ist. Ich suche
Sie dießfalls nicht zu täuschen, viel weni-

ger

ger Ihre Gedanken von einer andern Welt
dadurch abzuziehen. Erkennen Sie die gött=
liche Gnade, die Ihnen wiederfahren ist,
mit Dank. Der beste ist, wenn Sie von
nun an ein Leben der Zerstreuung verlas=
sen, und einen Theil Ihrer Zeit dem Nach=
denken und einer thätigen Frömmigkeit wid=
men: so werden Sie hier und dort glück=
lich seyn. — Aber, meine Liebe, Sie müf=
sen nicht zu viel schwatzen: denn Ihr Arzt
hat es ausdrücklich verboten.

Miß Blomberg.

Gut, ich will es nicht thun. — Aber
wollen Sie auch für mich beten? O thun
Sie es, da ich nicht weiß, wie ich für mich
beten soll. Ach! wenn ich ein solches Le=
ben, wie Maria, gelebt hätte — die vor=
treffliche Maria! Nichts kränkt mich so
sehr, als daß ich sie noch diesen Morgen
zu sehen verweigern konnte. Ist sie noch
hier im Hause — so muß ich sie sprechen.

Ich

Ich kann nicht eher ruhig werden — denn
ach! wenn ich etwa noch sterben sollte!

Mad. Sutton.

Maria ist nicht weit von Ihnen — sie
ist hier im Zimmer: aber Sie dürfen durchaus nicht mit ihr sprechen — Meine liebe
Maria, nähern Sie sich Ihrer Schwester.

Miß Loveleß.

Erlauben Sie, meine theuerste Juliane,
daß ich Ihnen blos diesen Kuß der Liebe
gebe, und Sie versichere, daß, so bald es
Ihre Kräfte zulassen, ich die erste seyn will,
die bey Ihnen bleibt. Itzt aber - - - leben
Sie wohl!

Geht schleunig ab.

Miß Blomberg.

Das englische Geschöpf! O daß ich so
lange leben möchte, ihrer Liebe werth zu seyn!
Die Mama und Amalia sind vermuthlich bey
einer Parthie? — O daß Sie jene Ergötzlichkeiten aus dem Lichte ansehen möchten, aus

dem

dem Sie der Anblick des Todes mir aufge=
stellt hat!

Mad. Sutton.

Nein, meine Liebe, sie sind hier und
vermischen ihre Thränen, wegen des zu be=
sorgenden Verlusts ihrer Tochter und Schwe=
ster: denn noch habe ich ihnen die willkom=
mene Nachricht von Ihrer Besserung nicht
hinterbringen können, und wollte solches
nicht durch eine von den Dienstboten, thun
lassen. Aber lassen Sie es nun gut seyn,
fragen Sie nicht weiter, und ruhen Sie.

Miß Blomberg.

Das Reden schadet mir gewiß weniger,
als meine eignen Gedanken mir würden ge=
schadet haben, wenn ich ihnen nicht Luft
gemacht hätte — wo ist die arme Benfield?
Auch mit ihr muß ich sprechen. (Frau Ben=
field nähert sich.) Ich bin sehr unfreundlich
mit ihr umgegangen, Benfield. Doch,
wenn mir Gott das Leben schenkt, will ich

es Ihr zu vergüten suchen === O Benfield!
kann Sie mir nicht das Roth vom Ge=
sichte wegwischen? — (Frau Benfield wischt 'es
ihr ab.) Ich arme eitle Thörin! Ich konnte
mir einfallen laſſen, und beſonders zu einer
ſolchen Zeit mich ſo zu verſtellen? — Daß ja
nicht ein Stäubchen davon in meinem Ge=
ſichte zurückbleibt! — und — ſage Sie Ama=
lien, daß, wenn ſie jemals in einen ſolchen
Zuſtand, wie ich, verfallen ſollte, ſie den
Gebrauch deſſelben gewiß, ſo wie ich itzt, be=
reuen würde. Nehme Sie auch alle die Ro=
manen weg, und lege Sie mir vor der Hand
eine Bibel und ein Erbauungsbuch hin —
Sage Sie mir, ob Sie mir vergeben kann,
Benfield?

Frau Benfield.

Wenn mich die Furcht, Sie zu beleidi=
gen, nicht zurückhielt, mein liebſtes Fräulein,
ſo würde ich Ihnen wiederholte Verſicherun=
gen thun, daß Ihre Leiden mich mehr ge=

kränkt

kränkt haben, als die harten Ausdrücke, womit Sie mich belegten, und die Ihnen gewiß Ihr Schmerz erpreßte. — Beruhigen Sie sich itzt nur, ich bitte Sie.

Susanne.

In der That, Fräulein, Sie müssen stille liegen. Käme der Doctor und fände uns so plappern, so kriegte ich gewiß was ab. — Kommen Sie, itzt Ihr Stärktränkchen zu trinken, dann wollen wir brav die Vorhänge von allen Seiten zuziehen: legen Sie sich aufs Ohr und schlafen eins.

Mad. Sutton.

Ihr habt Recht, gute Frau. Ich will mich ein wenig entfernen. Frau Benfield hat auch der Ruhe nöthig, und kann sich hier auf den Sofa setzen. Und so — ruhen Sie wohl, meine Liebe.

Geht ab.

Der Vorhang fällt.

Ende des zweyten Aufzugs.

U 4　　　　Dritter

Dritter Aufzug.

Der Saal.

Madam Sutton, Herr und Miß Lo-
veleß sitzen und warten auf **Madam Loveleß**
und **Miß Amalien,** die aus ihrem
Schlafzimmer kömmt.

Herr Loveleß.

Wie befinden Sie sich, meine Liebe? Ich
suchte Sie vorhin, hörte aber, daß
Sie sich in Ihr Zimmer verschloßen, und
wollte Sie nicht stören.

Mad. Loveleß bricht in Thränen aus.

O Herr Loveleß! wie verachtungswür-
dig muß ich in Ihren Augen seyn! Aber
glauben Sie mir, Sie können nicht gerin-
ger von mir denken, als ich es itzt selbst
thue! Ach! haben Sie mit meiner Schwachheit Geduld, und stehen Sie mir itzt mit
Ihrem Unterrichte und Rath bey, den ich
bisher von mir gestoßen habe: helfen Sie

mir

mir seyn, was Sie mich zu seyn wün=
schen!

Herr Loveleß.

Laſſen Sie es gut seyn, mein Schatz.
Ich komme, Sie zu tröſten, und nicht Ih=
nen Vorwürfe zu machen. Hier iſt auch
Ihre liebe Freundin, Madam Sutton, die
in jeder Familie Glückseligkeit um ſich her
verbreitet, wo man ſie nur zu kennen die
Ehre hat: und hier iſt auch meine gute
Maria, die, wie ich überzeugt bin, ſichs
zur Pflicht und Freude machen wird, Ihnen
alle nur mögliche Dienſte zu erzeigen. In=
dem Sie ſie, wie ich gehöret, auch zu Ih=
rem Kinde angenommen, haben Sie jeden
unangenehmen Umſtand aus meinem Ge=
dächtniſſe verdrängt.

Mad. Loveleß zur Mad. Sutton.

Eine Frage, die ich wünſchte beant=
wortet zu haben, ſo ſehr ich es fürchte.
Liebſte Madam Sutton! beſte Maria! ach!

klagte

klagte mich nicht Juliane mit ihrem letzten
Odem an? — Wann und wie starb sie?

Mad. Sutton.

Beruhigen Sie sich, liebe Freundin.
Miß Blomberg, wie ich Sie theuer versichern kann, machte Ihnen nicht die mindesten Vorwürfe. Doch vielleicht haben wir
noch bessere Neuigkeiten, als Sie erwarten
können: Ihr Kind ist nicht todt.

Mad. Loveleß.

Nicht todt? darf ich meinen Ohren
trauen? Juliane nicht todt?

Mad. Sutton.

Wirklich nicht!

Mad. Loveleß.

Die fürchterlichen Zuckungen des To-
deskampfes, — ach! die mir nie aus den Gedanken kommen werden — dauern noch immer fort! O daß sie todt wäre! das Aergste
vorbey! das Aergste --- ach — das vielleicht
erst anhebt, wenn ihre körperliche Leiden

geendiget

geendiget sind. — Herr Loveleß! ich habe mein Kind an einen Abgrund des Verder-bens geführet, aus dem sie nie wieder zu retten ist. O daß ich Sie auf die Zukunft vorbereitet hätte! Nein, der Gedanke ist mir unerträglich, was sie für eine ganze Ewigkeit durch meine unverzeihliche Thor-heit zu dulden hat. O! daß ihr Leben nur könnte gerettet werden! Mit allen Kräf-ten wollte ich mich bestreben, das ihr zuge-fügte Unrecht wieder gut zu machen!

Herr Loveleß.

Aller Wahrscheinlichkeit nach wird Ih-nen, meine Liebe, dieser Trost gewährt wer-den: es hat sich ein glücklicher Umstand eräuget, und, aller Wahrscheinlichkeit nach, wird Juliane wieder hergestellt werden.

Mad. Loveleß.

O! schmeicheln Sie mir nicht mit einer falschen Hoffnung, Herr Loveleß! Sie würde meinen Kummer nur erschweren.

Ich

Ich habe sie ja schon mit dem Tode rin=
gen sehen?

Herr Sutton.

Eben das glaubte ich, als ich gleich=
nach Ihnen das Zimmer verließ: inzwischen
ist während den heftigen convulsivischen
Bewegungen ein Geschwür aufgegangen,
worauf ich sogleich den Doctor Burgeß
holen ließ, der uns die größte Hoffnung
macht, daß sie gerettet ist.

Miß Amalia.

O Maria! wer hätte unter ihren Um=
ständen einen so glücklichen Zufall erwarten
können? Also soll ich meine liebe Juliane
wieder sehen?

Miß Loveleß.

Ich habe bereits das Vergnügen ge=
habt, und fand sie weit besser.

Mad. Loveleß.

Wie soll ich meinen Dank für ein so
unerwartetes Glück ausdrücken? Mein gan=

zes

ges Leben soll ein beständiges Bestreben seyn, es zu verdienen. Ich brenne vor Ungeduld, meine Juliane — das arme leidende Kind zu sehen.

Mad. Sutton.

Das darf auf keine Weise vor Morgen geschehen. Ihr Leben hängt von der strengsten Ruhe ab. Nun, da Sie von der glücklichen Veränderung unterrichtet sind, so hoffe ich, liebe Madam, daß Sie und Miß Amalie sich zu beruhigen äußerst werden angelegen seyn lassen, damit nicht Miß Blomberg bey ihrer Zusammenkunft in eine zu heftige Bewegung versetzt werde.

Mad. Loveleß.

So vergönnen Sie mir, Madam, Ihre Gesellschaft, und verhelfen mir dadurch selbst zu der Fassung, die Sie mir wünschen.

Mad. Sutton.

Gern würde ich Ihrer verbindlichen Einladung eine Genüge thun, Madam, wenn

mir

mir nicht eben Henriette hätte wiſſen laſſen,
daß eine Dame zu Hauſe auf mich wartet,
die gewiſſer Angelegenheiten wegen mich zu
ſprechen wünſcht. Ich wollte eben nicht
eher gehen, bis ich Sie geſehen hätte, da
ich voller Ungeduld war, Ihnen die glückliche Neuigkeit mitzutheilen, die ich nicht
ſo lange würde aufgeſchoben haben, wenn
ich nicht vom Doctor hätte wiſſen wollen,
was wir zu erwarten hätten: und nachge-
hends hat mich Miß Blomberg ſelbſt zurück
gehalten. So bald wir ſie verlaſſen, habe
ich mich mit Marien hieher geſetzt, um zu
verhindern, daß nicht eines von den Leuten
durch eine zu übereilte Nachricht bey Ihnen
eine Erſchütterung veranlaſſen möchte, die ihrer Geſundheit hätte nachtheilig ſeyn können.
Für itzt muß ich mich beurlauben.

Herr Loveleß.

Tauſend Dank, Ihnen, liebſte Ma-
dam, für Ihren freundſchaftlichen Beyſtand!

Wir

Wir werden Sie doch bald wieder bey uns
sehen?

Mad. Sutton.

So bald meine Gesellschaft fort ist. Ich
überlasse indessen, meine liebe Maria, Ihre
Freundin Ihrer Fürsorge.

Geht ab.

Mad. Loveleß.

Also, Maria, haben wir von Ihnen
zu erwarten, was mit Julianen soll vorge-
nommen werden?

Miß Loveleß.

Nein, liebste Madam. Frau Ben-
field ist dießfalls unterrichtet, und so wohl
sie, als die Wärterin sind besorgt für sie,
daß man sich gänzlich auf sie verlassen kann.
Madam Sutton hat noch eine andere Freundin, eine sehr bekümmerte Person meiner
Sorgfalt empfohlen, die gegenwärtig unter
Ihrem Dache ist.

Mad.

Mad. Sutton.

Eine Freundin von Ihnen, meine Liebe, im Unglück? Geschwind lassen Sie uns ihr mit Hülfe und Trost, so viel nur in unserm Vermögen ist, zueilen! – – – Doch, wer könnte diese seyn?

Miß Amalie.

Sollten Sie wohl gar Frau Benfield meynen? Sie scheint eine gute Erziehung gehabt zu haben, und der Kummer ist ihren Gesichtszügen sehr stark eingedrückt. Mit Mitleiden erinnere ich mich itzt der angstvollen Blicke, über die ich vormals spottete.

Miß Loveleß.

Sie haben es getroffen. Frau Benfield ist es und keine andere. Sie war vormals eine Schulgefährdin von mir, und wie wenig glaubte ich, sie hier in einem Stande der Dienstbarkeit zu finden. Ihre Geschichte ist zu weitläuftig, als daß ich jeden kleinen

Umstand

Umstand von ihr erzählen könnte: genug,
wenn ich Ihnen sage, daß sie Ihr Mitleiden verdienet: denn so mancher Thorheiten sie sich auch schuldig gemacht hat, so
bin ich doch überzeugt, daß sie dieselben
itzt herzlich bereuet. Ihr Unglück kömmt
von einer unbedachtsamen Heurath.

Mad. Loveleß.

Uns, die wir uns so viele Vorwürfe
zu machen haben, würde es am wenigsten
anstehen, andern dergleichen zu machen.
Versichern Sie also die Frau Benfield unsers Mitleids, und zeigen Sie uns an,
worinne wir ihr behülflich seyn können.

Herr Loveleß.

Es ist mir schon oft gewesen, als ob ich
sie irgendwo gesehen hätte? Sie hat sich
aber immer meiner Aufmerksamkeit zu entziehen gesucht: woher kann sie mir also bekannt seyn?

Miß Loveleß.

Von Madam Groves, liebſter Vater!
Erinnern Sie ſich nicht der Miß Rawlins?

Herr Loveleß.

O ja, und wenn ihr Vater noch zu
Southampton lebt, ſo kenne ich ihn gar
wohl, denn wir ſind Schulkammeraden,
und ich bin auch In ſeinem Hauſe geweſen,
ſeit er ſeine itzige Frau geheurathet hat: doch
war ſeine Tochter nicht zugegen, wenigſtens
habe ich ſie nicht geſehen.

Miß Loveleß.

Ihre Bekanntſchaft mit Herrn Rawlins,
mein Vater, iſt ein glücklicher Umſtand:
denn, Sie können vielleicht den Plan befördern helfen, den Madam Sutton zu Aus-
ſöhnung mit dieſer Tochter gelegt hat.

Ein Bedienter, der hineintritt.

Madam Sutton läßt ſich empfehlen, und
bittet ſich die Ehre Ihrer Geſellſchaft unverzüglich bey ſich aus.

Tritt ab.

Mad.

Mad. Loveleß.

Was mag die Ursache dieser schleunigen Abrufung seyn?

Herr Loveleß.

Seyn Sie unbesorgt, Madam. Ich bin ungesäumt wieder bey Ihnen.

Mad. Loveleß.

– O thun Sie es! Ich werde Ihre Zurückkunft voller Ungedulb erwarten. Wollen Sie so gut seyn, Miß Loveleß, und sehen, wo Frau Benfield ist, und sie zu uns bringen?

Miß Loveleß.

Herzlich gern, Madam.

Geht ab.

Miß Amalia.

Ich werde mich schämen, Frau Benfield zu sehen, da ich itzt weiß, wer sie ist, und sie in ihrem dienstbaren Stande so übel behandelt habe.

Mad. Loveleß.

Wir müssen unsere Fehler durch ein liebreiches Betragen aufs künftige suchen

gut

gut zu machen; dieß ist alles, was wir thun können.

Miß Loveleß und Frau Benfield treten
hinein.

Mad. Loveleß nimmt Frau Benfield
bey der Hand.

Setzen Sie sich, liebe Frau! Wir haben große Entschuldigungen bey Ihnen zu machen: aber wir wußten nicht, daß meine Tochter die Ehre hatte, Sie in ihrer Gesell= schaft zu haben.

Frau Benfield.

In der That, Madam, ich kann mich unmöglich in Ihrer Gegenwart setzen. Vergönnen Sie mir immer, daß ich mich noch als Kammerfrau der Miß Blomberg betrachte.

Mad. Loveleß.

Auf keine Weise. Sie sind eine Freundin der Miß Loveleß, und schon dieser Umstand würde Ihnen einen gerechten Anspruch

auf

auf unsere Hochachtung machen: aber aller
Wahrscheinlichkeit nach, kennt auch Herr
Loveleß den Herrn Rawlins.

Frau Benfield sehr ängstlich.

O nennen Sie ihn nicht, diesen meinen
theuren Vater, den ich zu sehr beleidiget
habe, als daß er mir sollte vergeben können! Wüßten Sie, Madam, wie unge=
horsam ich den besten Aeltern gewesen bin,
Sie würden mich nicht einen Augenblick in
Ihrem Hause dulden! O daß ich mein un=
glückliches Haupt im Grabe verbergen könn=
te! Aber ich fürchte. — ich werde leben,
um meines Vaters Herz zu brechen.

Mad. Loveleß.

O meine liebe Frau Benfield, nehmen
Sie immer den Trost und Beystand an, der
Ihnen angeboten wird! ich bitte. Wenn
Sie der Verzweiflung Raum geben, so wür=
den Sie alle unsere freundschaftlichen Be=
mühungen, die Sache wieder in ihr altes

X 3

Gleis

Gleis zu bringen, und Sie mit Ihren Ael=
tern auszusöhnen, vernichten.

Frau Benfield.

Vergeben Sie mir, meine liebenswür=
dige Freundin! Aber Ihre unschuldige und
tugendhafte Seele kann sich gar keine Vor=
stellung von den Qualen machen, die das
unglückliche Herz eines Kindes zerreißen,
das seinen zärtlichen Aeltern ungehorsam ge=
wesen. Keine Gottlosigkeit reicht an dieß
Verbrechen! — Ich bin außer mir, wenn
ich an das denke, was ich gethan, und
was die Folge davon seyn muß.

Mad. Loveleß.

Ich zweifle nicht, daß Herr Rawlins
sich leicht wieder wird aussöhnen lassen,
wann man ihn überzeugen kann, daß Sie
Ihren Fehltritt ernstlich bereuen, und ich
bringe daher darauf, daß Sie sich mit uns
auf gleichen Fuß ansehen müssen.

Frau

Frau Benfield.

O Madam! Nie werde ich Ihrem Verlangen eine Genüge thun können, ihm wieder unter die Augen zu treten,   noch mich
der Welt als seine Tochter darzustellen: denn
auf welchen Rang ich auch in Ansehung seiner Anspruch machen könnte,   so habe ich
mich doch durch die unbesonnenste Verbindung viel zu sehr herabgewürdiget. O! verbergen Sie mich vielmehr vor allen Menschen —
ja, wo möglich, vor mir selbst. Lassen Sie
mich die Schuld des Ungehorsams durch die
strengste Demüthigung büßen.

Miß Amalia zu Miß Lovelet auf die
Seite.

Ich dächte, meine liebe Maria, Sie
nähmen Frau Benfield mit sich ins nächste
Zimmer. Vielleicht, wenn Sie mit ihr allein sind, daß Sie mit Ihrem Zureden mehr
ausrichten.

  Miß

Miß Loveleß.

Ich folge Ihrem Rathe. — Kommen
Sie, meine gute Frau Benfield, mit mir.

Sie gehen ab.

Miß Amalia.

In der That kann der Kummer der armen Benfield für jede junge Perſon eine War-
nung ſeyn, nicht wider ihrer Aeltern Willen zu heurathen.

Mad. Loveleß.

Ganz ſicher. — Ich wundere mich,
daß unſer Papa ſo lange wegbleibt. — Da
wir Julianen noch nicht ſehen ſollen; ſo wollen wir doch ein Buch in die Hand nehmen,
und uns die Zeit damit vertreiben: — geh
einmal in des Papas Kabinet, und hol mir
eines aus ſeinem Bücherſchranke.

Miß Amalia.

Das wird eine ganz neue Unterhaltung
für mich ſeyn. Ich wünſchte mehr Ge-
ſchmack fürs Leſen zu haben: vielleicht fin-

det

det er sich, wenn ich mehr in der Einsamkeit lebe.

> Sie geht und bringt zwey Bücher, wor-
> auf sie spricht: während ihrer Abwe-
> senheit sitzt Madam Loveleß in einer
> traurig nachdenkenden Stellung.

Ich bringe die ersten die besten, die mir
in die Hände gefallen sind: denn ich habe
weder Kenntniß noch Verstand genug, zu
wählen.

Mad. Loveleß.

Gieb mir eines, es sey welches es wolle:
es wird immer für mich etwas Neues und
Unterrichtendes enthalten.

> Sie setzen sich beyde und lesen: nach ei-
> ner kurzen Zeit legt Madam Loveleß
> ihr Buch nieder, und spricht:

Ich muß gestehen, daß, obgleich das,
was ich gelesen habe, sich zu meiner gegenwärtigen Lage schickt; so bin ich doch nicht
im Stande, meine Aufmerksamkeit genug
darauf zu heften.

Miß Amalia.

Ich habe in dem Abentheurer*), das Tagbuch eines galanten Frauenzimmers gelesen; und es schildert das Leben derselben so lächerlich, daß ich mich vor mir selbst schäme, auch mich nicht genug wundern kann, wie ich in einem solchen Charakter eine Ehre habe suchen können! Wahrhaftig, will ich in Zukunft gewiß vernünftiger zu handeln, mir angelegen seyn lassen.

Mad. Loveleß.

Auch mein fester Vorsatz ist es: aber ach! meine Liebe! üble Gewohnheiten haben in meiner Seele noch tiefer Wurzel, als in der deinigen, geschlagen, und es wird bey mir noch mehr Mühe kosten, sie herauszureißen! Doch will ich nicht verzweifeln.

Herr Loveleß kömmt und nimmt die Bücher auf, die die Damen aus der Hand gelegt haben.

Willkommen, meine Lieben! — Ah, ich sehe, Ihr habt während meiner Abwesenheit

senheit

**) The Adventurer, ein englisch Wochenblatt.*

senheit indeſſen Beſiz von meinen Büchern
genommen?

Mad. Loveleß.

Freylich wohl, weil wir den Entſchluß
gefaßt haben, tumultuariſchen Vergnügungen zu entſagen; und was läßt ſich in Abweſenheit unſerer Freunde da beſſer thun,
als ſich mit Werken der Gelehrten zu unterhalten? Wenn Amalia und ich unſern Plan
ausführen, ſo werden wir Sie vielleicht
mit der Zeit durch unſere Wiſſenſchaft eben
ſo in Erſtaunen ſetzen, als es bisher durch
unſere Unwiſſenheit geſchehen iſt: aber Sie
und Madam Sutton müſſen uns bey unſerer Wahl leiten.

Herr Loveleß.

Das wird für mich ein ſehr angeneh-
mes Geſchäft ſeyn. Ich werde der lieben
Amalia ein Geſchenk mit einer kleinen Bibliothek machen, und bey der erſten müßigen
Stunde die Bücher aufſetzen, die ich, ſo

bald

bald ich in die Stadt komme, für sie kau=
fen will: doch werde ich vorher Madam
Sutton zu Rathe ziehen, weil ich zu ihrem
Geschmack das größte Vertrauen habe.

Miß Amalia.

Sie sind sehr gütig: und ich werde mir
alle mögliche Mühe geben, es zu verdienen.

Madam Sutton, von Miß Sutton und
Miß Fanny begleitet, treten hinein.

Mad. Sutton.

Nun, wie gehts, meine Damen? Sie
sehen, daß ich Sie blos verlassen habe, um
mit verstärkten Kräften wieder zurückzu=
kehren.

Mad. Loveleß.

Sie sind Ihre Hülfstruppen und helfen
für die Sache der Freundschaft fechten, und
als solche müssen Sie uns willkommen seyn.
Ich verdanke Ihrer Güte, Madam, weit
mehr Heiterkeit der Seele, als ich nach sol=
chen Herzenskämpfen durch meine eigenen

schwachen

schwachen Kräfte wahrscheinlicher Weise hätte erhalten können. Aber der unglückliche Versuch, den ich während Ihrer Abwesenheit gemacht, mich mit einem moralischen Buche zu unterhalten, da ich vorher nichts, als Romane zu lesen gewohnt gewesen, demüthiget mich gar sehr: denn ich fürchte, alle Fähigkeit verloren zu haben, aus andern Büchern mich unterrichten zu können.

Mad. Sutton.

O, ich glaube, das ist nicht der Fall! Sondern, Sie müssen sich nach und nach das flüchtige Lesen abgewöhnen, und nicht auf Einmal zu schweren Schriftstellern übergehen wollen. Die Fabel und Allegorie, mit einer angenehmen Vermischung von Poesie, würde meinem Bedünken nach das Schicklichste seyn, womit Sie anfangen sollten: dann könnten Sie zur Geschichte übergehen, und so würden Sie es nach und

nach

nach dahin bringen, daß sie auch Wohl-
gefallen an religiösen und moralischen Büchern fänden. Miß Amalia, ich habe hier
ein neues Buch, und da ich auf verschiedene Exemplare unterschrieben habe, so erlauben Sie, daß ich Ihnen mit einem davon
aufwarten darf: Es heißt die sechs Prin-
zeßinnen von Babel *), und erzählt die
Geschichte ihrer Reise nach dem Tempel der
Tugend.

Miß Amalia.

Ich werde alles mit der größten Aufmerksamkeit lesen, was Sie mir empfehlen,
beste Madam: denn ich bin überzeugt, daß
ich einer treuen Führerin zum Tempel der
Tugend nöthig habe. — Wie geht es Ihnen, meine liebe Miß Sutton und Miß
Fanny? Ich war voller Ungeduld, Sie zu
sehn.

*) Dieß unterhaltende Feenmährchen ist von einem
sehr jungen Frauenzimmer, Namens Peacock,
mit vielem Beyfall aufgenommen worden: auch
bereits ins Deutsche übersetzt.

sehn. Sie haben doch gewiß gehört, daß wir zur Wiederherstellung der guten Juliane einige Hoffnung haben?

Miß Sutton.

Mit dem größten Vergnügen habe ich es gehört, und ich wünsche Ihnen zu der unerwarteten Veränderung von Herzen Glück.

Miß Fanny Sutton.

Auch ich, meine Liebe, und ich hoffe, daß wir noch vieler glücklichen Tage zusammen genießen wollen: doch, wo ist Miß Loveleß?

Mad. Loveleß.

Sie hat sich mit ihrer Freundin, der Frau Benfield, entfernt, in Hoffnung, sie ein wenig zu beruhigen, da sie äußerst bewegt war: in der That habe ich nie ein armes Geschöpf so gedemüthiget gesehen. Ich will doch nach Miß Loveleß schicken. (Sie klingelt: es tritt ein Bedienter hinein.) Wenn Miß Loveleß frey ist, so lassen wir uns ihre Gesellschaft

schaft ausbitten. (Bedienter tritt ab.) Wie
ich höre, suchen Sie, Madam Sutton und
Herr Loveleß, einen Weg, Frau Benfield
wieder mit ihren Aeltern auszusöhnen?

Miß Loveleß tritt hinein.

Mad. Loveleß.

Wie haben Sie Ihre Freundin verlaßen,
liebe Maria?

Miß Loveleß.

Ich habe es doch so weit gebracht, daß
sie sich ein wenig niedergelegt, und einen
Versuch machen will, zu schlafen. Ich fürchte
aber, sie wird noch lange ein Raub der bit=
tersten Reue seyn.

Mad. Loveleß.

Ihre gute Gesundheit, hoffe ich, wird
den Stoß aushalten. Wirklich bedaure ich
sie sehr: aber verdient es ihr Vater nicht
noch weit mehr, dem sie einen so großen
Kummer zugezogen? Doch, Sie wollten wiß=
sen, Madam Loveleß, was Herr Loveleß

und

und ich für Ihr Bestes gethan haben? Sie
riethen gar recht, daß ich ihretwegen Sie zu
mir einladen ließ, welches um die Zeit, bey
einer weniger wichtigen Angelegenheit, sonst
sehr unverschämt würde gewesen seyn. Ich
hoffe doch, daß Sie mich entschuldigen
werden?

Mab. Loveleß.

Ganz gewiß, meine liebste Madam! Sie
haben mir heute einen zu großen Beweis Ihrer Freundschaft gegeben, als daß ich Sie
wegen kleiner Pünktlichkeiten der Ceremonie,
über die ich nun weg zu seyn hoffe, von
Aeußerung jener süßen Pflicht gegen andere
abhalten sollte. Aber was konnte Herr Loveleß dabey thun?

Mab. Satton.

Fürs erste muß ich Ihnen sagen, daß ich
bey meiner Zurückkunft in meiner Wohnung
Madam Rawlins und Miß Gower auf mich
warten fand. Vermuthlich war Herr und

Madam Rawlins Tages vorher angekommen, um ein acht oder vierzehn Tage mit Herrn Gower bey Retlands zuzubringen, wo er letzthin ein Haus gemiethet hat. Da uns Miß Gower besucht hat, seit wir zu Bristol angekommen sind, so erwähnte sie diesen Umstand gegen Mistreß Rawlins, die sogleich beschloß, mich aufzusuchen, in Hoffnung, daß Maria ihr einige Nachricht von ihrem unglücklichen Flüchtling geben könnte. Der Brief, den ich heut Morgens abgeschickt, hat ihr nothwendig noch nicht eingehändiget werden können. Inzwischen hatte ich in der Unterhaltung mit Mistreß Rawlins Gelegenheit, noch mehr für Frau Benfield Bestes zu reden, als ich in einem Briefe sagen konnte; und ich nahm mir die Freyheit, sogleich nach Herrn Loveleß, als einem rechtlichen Beystande, zu schicken.

Miß Loveleß.

Und was hat es für einen Erfolg gehabt, liebste Madam?

Mad.

Mad. Sutton.

Den, meine Liebe, den ich vernünftiger
Weise erwarten konnte. Mistreß Rawlins
ist ganz Güte und Mitleid, und würde, wie
ich überzeugt bin, ihre Tochter unverzüglich
wieder in ihrem Hause aufnehmen, wenn sie
nicht erst Herrn Rawlins Einwilligung darzu
erhalten müßte. Diese aber kann sie itzt ihm
nicht gleich abfodern, da er durch das üble
Betragen seines Schwiegersohns eben erst
sehr erbittert worden, der mit der größten
Grobheit sich zu ihm gedrungen, und ihm sein
Weib abgefodert, unter dem Vorwande, daß
sie ihm davon gelaufen wäre: dieß aber nicht
in der Absicht, sie wieder zu haben, sondern
blos von ihrem Vater Geld zu erpressen.

Miß Loveleß.

Das höre ich ungern: denn wer weiß
kömmt uns der böse Mensch nicht über den
Hals.

Herr

Herr Loveleß.

Sey dießfalls ruhig, mein Kind: denn
Madam Rawlins hat uns gesagt, daß er ihn
vermocht, nach Ostindien zu gehen, wo er ihm
einen Posten verschafft; doch hat er die Vorsicht dabey gebraucht, daß er eine gewisse
Summe Geldes dem Schiffscapitain, der ihn
mitnehmen soll, in die Hände gegeben, wo er
ihn zu seiner Reise, und bey seiner Ankunft in
Indien, mit dem Nöthigen versehen soll.

Miß Loveleß.

Das erfreut mich von ganzem Herzen.

Miß Amalia.

Ich muß sagen, daß die arme Benfield
in beständiger Angst gewesen, damit er nicht
ihren Aufenthalt entdecken, und sie in ihrer
Ruhe stören möchte.

Miß Fanny Sutton.

Dieß würde auch unfehlbar geschehen
seyn. O was für ein unglückliches Leben muß
eine junge Person führen, die eine so enteh-

rende

rende Verbindung eingegangen! Nein, ich kann mir keine größere Demüthigung vorstellen, als eine solche Heurath, deren sich die Familie schämen muß.

Mad. Sutton.

Und gleichwohl könnte ich Ihnen viele Geschichtchen von jungen Mädchen von Stande erzählen, die sich durch solche unbesonnene Verbindungen in die größten Schwierigkeiten verwickelt haben. Doch, da ich nicht glaube, daß eine von meinen gegenwärtigen lieben Mädchen dergleichen Warnungen vonnöthen hat, so will ich sie nicht mit mehr Beyspielen belästigen. Sie können sich mit dem genügen lassen, das Sie vor Augen haben.

Miß Loveleß.

Ich schmeichelte mir immer, liebste Madam, Sie würden vermögend seyn, meine Freundin mit ihren Aeltern wieder auszusöhnen. Was soll aus ihr werden, wenn sie

ihr

ihr Vater verstößt? Gewiß würde ihr das
Herzbrechen!

Mad. Loveleß.

Sie kann hier bleiben, bis ihre Aussöhnung nicht mehr zweifelhaft ist, und, wie ich
hoffe, soll diese nicht weit entfernt seyn, da
ihre Sache in so guten Händen ist.

Miß Fanny Sutton.

O! gewiß wird Herr Rawlins nachgeben,
wenn er höret, wie sehr seine Tochter ihren
Fehltritt bereuet.

Herr Loveleß.

Herr Rawlins ist ein sehr guter Mann,
Miß Fanny, und wird gewiß einem Christen
gemäß handeln: aber man muß auch überlegen, daß die Beleidigung schwer war, und
daß einige Zeit dazu gehöret, seine Empfind-
lichkeit darüber zu unterdrücken: ferner die
Beschimpfung, womit seine Tochter durch
ihren Ungehorsam eine angesehene Familie
befleckt, und alsdann wird man sich nicht

wundern,

wundern, wann er ihre Vergebung wenigstens so lange zurückhält, bis er gewiß von
der Aufrichtigkeit ihrer Reue überzeugt ist.

Miß Loveleß.

Dafür wollte ich stehen, lieber Papa.

Herr Loveleß.

Gut, Maria; der Tag ist vielleicht nahe,
wo ich hoffe, daß dein Zeugniß beym Herrn
Rawlins etwas gelten soll. Mittlerweile
gedulde dich, und sey zufrieden, daß Madam Rawlins bereits gewonnen ist, die gewiß alle ihre Kräfte zu ihrem Vortheile so
äußern wird, daß wir uns einen glücklichen
Ausgang versprechen dürfen.

Mad. Sutton.

Sie können drauf rechnen, Miß Loveleß, daß auch ich alles beytragen werde,
die gewünschte Aussöhnung zu befördern,
und die arme Leidende zu trösten. Vielleicht
ist es auch für sie besser, wenn sie erst nach
und nach dahin gebracht wird, als daß sie

                                    in

in ihrer gegenwärtigen Gemüthsentkräftung zu einer Prüfung soll aufgefodert werden, die sie nicht auszuhalten vermögend wäre.

Miß Loveleß.

O! ich kenne Ihre wohlthätigen Gesinnungen, meine beste Madam, und weiß auch, daß der Papa nicht ruhen wird, bis er die Sache zu Stande gebracht hat. Meine liebe Mama will der Frau Benfield eine Freystatt gewähren, und Miß Amalie hat ihr ihre freundlichen Dienste versprochen. Man hat mich eben so versichert, daß ihr Juliane, nach ihrer Erholung, aufs liebreichste begegnet. Alles dieß muß viel zu ihrer Beruhigung beytragen, und mich däucht, die Sache ist in einem so guten Gange, daß ich sie mit der sichern Hoffnung trösten kann, daß ihr gütiger Vater bald die Thränen ihres reuigen Kummers ihr vom Angesichte trocknen, und sie noch einmal die Süßigkeiten des Friedens wieder schmecken wird.

Mad.

Mad. Loveleß.

Alle gute Menschen werden ihr vergeben, und es ist nur zu wünschen, daß sie
sich selbst möge vergeben können.

Mad. Sutton.

Die Vorwürfe, die sie sich selbst macht,
gereichen ihr zur Ehre, und ich hoffe, sie
soll sich ihrer Thorheiten immer mit der leb-
haften Reue erinnern, die sie auf immerbar
abschrecken soll, sie zu wiederholen. Wenn
aber ihre Sinnesänderung aufrichtig ist, so
kann sie noch durch ein standhaftes Bestreben, ihre Fehler durch ihr künftiges Verhalten wieder gut zu machen, und durch
die liebreiche Behandlung ihrer Freunde, viel
glücklicher Tage theilhaftig werden: freylich weniger, als, wenn sie nie die Pfade
der Pflicht verlassen hätte.

Mad. Loveleß.

Dieser Art von Glückseligkeit hoffe ich
auch noch zu genießen. Meine Augen sind

nun-

nunmehr geöffnet: ich verachte die Lockungen der lustigen Welt, und mich verlangt nach einer ruhigen Stille. Ja, es ist mein ernstlicher Wunsch, Herr Loveleß, das Haus zu beziehen, welches ich vormals so thörichter Weise verachtete. Hier soll es mein äußerstes Bestreben seyn, Ihnen die Freuden wieder zu verschaffen, deren Sie vormals darinnen genossen. Mein Unvermögen wird freylich meinem Wunsche, die großen Eigenschaften von der Maria Mutter nachzuahmen, nicht gleichkommen: doch sollen Sie in mir immer eine gefällige Gattin, und eine zärtliche Mutter für Ihre Tochter finden.

Herr Loveleß.

Ihr Vorsatz entzückt mich! Unverzüglich will ich schreiben, daß man unser Haus zu unserer Aufnahme in Stand setze. Doch vermisse ich eine alte Freundin, die mir bey dieser Gelegenheit sehr nützlich seyn würde.

Mad.

Mad. Loveleß.

Sie meynen Mistreß Cartwright. Ich dachte wohl an sie, fürchtete aber, sie sey für Mistreß Sutton ein zu großer Schatz, als daß sie uns denselben zurückgeben sollte: überdieß habe ich ihr so übel mitgespielt, daß sie einen Abscheu haben wird, bey mir wieder zu leben.

Mad. Sutton.

Mistreß Cartwright, Madam, hat eine so edle Seele, daß ich überzeugt bin, daß nicht ein Funke von Unwillen eines Betragens wegen, das blos daher kam, weil man ihren Werth nicht kannte, bey ihr übrig geblieben ist. Ja, ich will die Gewähr leisten, daß sie mit Freuden die Aufsicht über ein Haus wieder übernehmen wird, das sie so ungern verlassen hat. Ich aber werde dadurch einen großen Verlust leiden: denn in der That ist es eine Plünderung, die Sie an mir begehen. — Wie! mir zwey

meiner

meiner wesentlichsten Hausmöbeln auf Ein=
mal zu rauben? Dafür muß ich mich rä=
chen, und das soll auf folgende Art gesche=
hen. Frau Benfield soll unausbleiblich die
Stelle der Mistreß Cartwright bey mir ver=
treten, und Miß Julianen, so bald sie
Doctor Burgeß aus seinen Händen läßt,
soll mein Gast seyn.

Mad. Loveleß.

Ich kann Ihrer liebreichen Anerbietung
nicht widerstehen. Es wird für meine gute
Juliane nur zu vortheilhaft seyn, wenn
Sie sie unter Ihre Aufsicht nehmen wollen.
Denn, was mich betrifft, so bin ich mit
den Invaliden so wenig bekannt, daß ich
wahrscheinlicher Weise Fehler begehen wür=
de, die ihnen sehr nachtheilig seyn könn=
ten. Doch muß ich noch eine Bedingung
hinzusetzen; und diese ist, daß, so bald wir
uns eingerichtet haben, Sie mich mit Ih=
rer Gesellschaft in meinem Hause beehren.

Erin=

Erinnern Sie sich, daß ich Ihre Schülerin bin, und daß, wenn Sie mich zu lange mir selbst überlassen, ich in meine vorigen Thorheiten wieder zurückfallen möchte.

Mad. Sutton.

Von Herzen gehe ich Ihre Bedingung ein, und da wir von einander nicht sogar weit entfernt wohnen, so können wir uns gegenseitige Besuche geben. Ich werde mir es zur Pflicht machen, so lange, als Sie in Bristol bleiben, Miß Julianen und Frau Benfield mit mir zu nehmen.

Herr Loveleß.

Welch ein glücklicher Tag ist das für mich! Mit der größten Ungeduld sehe ich aufs neue den so theuren Freuden der häuslichen Glückseligkeit entgegen.

Mad. Loveleß.

Und ich schmeichle mir mit der süßen Hoffnung, daß ich sie aufrichtig theilen, und auf immer den betrügerischen Ergötz-

lichkeiten

lichkeiten einer lustigen Welt von ganzem
Herzen entsagen werde.

Miß Amalia.

Bälle, Maskeraden, nächtliche Schwär-
mereyen! und ihr alle, ermüdende, sätti-
gende Mörderinnen der Zeit, denen ich bisher nachgelaufen bin, euch verlasse ich ohne
einen Seufzer! Die Freuden des ländlichen Lebens sollen mir nunmehr willkommen
seyn; nur die Hand der Gesundheit soll ins
künftige meine Wangen malen.

Mad. Sutton.

Nehmen Sie sich in Acht, meine liebe
junge Freundin; daß Sie bey dem weisen
Entschlusse Ihre Lebensart zu ändern, ja nicht
in den entgegengesetzten Fehler verfallen.
Vergnügungen mäßig gebraucht, versüßen
die Sorgen des Lebens, und können mit
Unschuld genossen werden: nur dann werden sie tadelhaft, wenn man sie zu seinem
ganzen Geschäfte macht.

Miß

Miß Amalia.

Ich bin unter Ihrer Leitung; Madam, machen Sie aus mir, was Sie wollen.

Mad. Sutton.

Ich werde gewiß Ursache haben, auf meinen Zögling stolz zu seyn, da ich Demuth finde, welches eine Grundlage ist, worauf sich jede Tugend bauen läßt, so wie keine ohne sie zu einiger Vollkommenheit kann gebracht werden. Es sey mir erlaubt, gleich itzt meine erste Lection damit anzufangen, daß ich Ihnen einige kurze Regeln gebe. Denken Sie bescheiden von Ihren eigenen Fähigkeiten: bedenken Sie, daß Sie viel zu lernen haben, und strengen Sie Ihre Kräfte an, die verlorene Zeit einzubringen. Statt nach dem Beyfalle einer lustigen Welt zu geizen, bestreben Sie sich, die Hochachtung des würdigsten und vernünftigsten Theils derselbigen zu erhalten: und bey jeder Handlung setzen Sie sich die Ehre Gottes

und

und das Beste Ihrer Mitgeschöpfe vor. Von meinem Diensteifer können Sie alles erwarten — Doch, meine lieben Mädchen, (zu den Miß Suttons) es ist Zeit, daß wir uns beurlauben. Morgen, meine Damen, werden wir das Vergnügen haben, uns nach Julianen zu erkundigen, und wir versprechen uns gewiß, von ihrer zunehmenden Besserung zu hören.

Sie gehen ab und der Vorhang fällt.

E n d e.

9 783743 478343